ZHONGHUAMIYU
CAICAIKAN

中华谜语

刘艳婷◎编著

猜猜看（上）

中国出版集团
现代出版社

图书在版编目(CIP)数据

中华谜语猜猜看(上)／刘艳婷编著. —北京：现代
出版社，2014.1

ISBN 978-7-5143-2141-8

Ⅰ.①中⋯　Ⅱ.①刘⋯　Ⅲ.①谜语－汇编－中国
Ⅳ.①I277.8

中国版本图书馆 CIP 数据核字(2014)第 008600 号

作　　者	刘艳婷	
责任编辑	王敬一	
出版发行	现代出版社	
通讯地址	北京市安定门外安华里 504 号	
邮政编码	100011	
电　　话	010 – 64267325 64245264(传真)	
网　　址	www.1980xd.com	
电子邮箱	xiandai@cnpitc.com.cn	
印　　刷	唐山富达印务有限公司	
开　　本	710mm×1000mm　1/16	
印　　张	16	
版　　次	2014 年 1 月第 1 版　2023 年 5 月第 3 次印刷	
书　　号	ISBN 978-7-5143-2141-8	
定　　价	76.00 元(上下册)	

目　录

第一章　小荷才露尖尖角

第二章　谜语的进一步发展

第三章　古代先贤与谜语

第四章 谜语故事(上)

第一章　小荷才露尖尖角

1．谜语的产生

中华谜语，包括民间谜语和文义谜，是华夏文明土壤中孕育出来的一株个性独特的文艺奇葩。它集文学性、艺术性、知识性和趣味性于一身，深受人们喜爱。

中华民族有着五千年的灿烂文化，中华谜语也历经数千年的演变、发展、完善，才形成现今的体系格局。

远古时代，人们在进行语言交流时，偶尔会由于某种特别的原因，不便直截了当地表达意思，而要通过拐弯抹角、迂回曲折的语言来暗示内容，这就有了"谜语"的萌芽。

有文字记载的所谓"曲折隐喻"的语言现象。最早出现在黄帝时代《弹歌》诗里的"断竹，续竹，飞土，逐肉"，即隐示人们制作弹弓、猎杀野兽的情形。谜语的历史非常悠久，在先秦古籍《周易》、《左传》、《荀子》等中，都有很多谜语的记载。见于《周易》的商代歌谣"女承筐"，可算是中国谜语的最早记录之一："女承筐，无实；士封羊，无血。"它巧妙地表现了牧场上一对年轻牧羊人夫妇剪羊毛的情景。战国时的荀子写了一篇《蚕赋》，云：冬伏而夏游，食桑而吐丝，前乱而后治，夏生而恶暑，喜湿而恶雨。蛹以为母，蛾以为父，三俯三起，事乃大已。文中用隐喻的方式，对蚕的形状、功用、习性作了生动细致的描绘，有底有面，很像谜语。汉代的东方朔是位幽默大师，他非常喜欢作隐语，并且喜欢推广隐语，《后汉书》中说："朔之诙谐，逢占射覆，其事肤浅，行于众庶，童儿牧竖，莫不炫耀，而后世好事者乃取奇言怪语附著之朔。"但是那时还没有"谜语"这一称谓，南朝诗人鲍照作"字谜三首"，才开始出现"谜"字。刘勰的《文心雕龙·谐隐篇》是最早阐述谜语的文艺理论著作，书中言："自魏代以来，颇非俳优，而君子嘲隐，化为谜语。"从此，"谜语"一词正式使用并广泛传播开来。

到了春秋战国时期，这种谜语雏形已十分流行，并有了名称，叫"廋辞"和"隐语"。有的君主喜欢隐语，而不愿听直截了当的忠言。刘勰的《文心雕龙》中有"楚庄齐威，性好隐语"的记载。而《史记；滑稽列传》中有一段隐语故事则描写得比较详细：

"淳于髡者，齐之赘婿也。长不满七尺，滑稽多辩，数使诸侯，未尝屈辱。齐威王之时，喜隐，好为淫乐长夜之饮，沉湎不治，委政卿大夫。百官荒乱，诸侯并侵，国业危亡，在于旦暮，左右莫敢谏。淳于髡说之以隐曰：'国中有大鸟，止王之庭，三年不蜚又不鸣，王知此鸟何也？'王曰：'此鸟不飞则已，一飞冲天；不鸣则已，一鸣惊人。'于是，乃朝诸县令七十二人，赏一人，诛一人，奋兵而出。诸侯震惊，皆还齐侵地。"还是淳于髡巧妙地运用"大鸟"的隐语进谏成功的例子，大约发生在两千三百多年前。

占国后期出现了赋体隐语，其中以荀子的《赋论篇》最具体表性：

"有物于此，裸裸兮其状，屡化如神。功被天下，为万世文。礼乐以成，贵贱以分。养老长幼，待之而后存。名号不美，与暴为邻。功立而身废，事成而家败。弃其耆老，收其后世。人属所利，飞鸟所害。臣愚而不识，请占之五泰。五泰占之曰：此夫身女好头马首者欤？屡化而不寿者欤？善壮而拙老者欤？有父母而无牝牡者欤？冬伏而夏游，食桑而吐丝。前乱而后治，夏生而晋暑，喜湿而恶雨。蛹以为母，蛾以为父。三俯三起，事乃大已。夫是之谓蚕理。"

此赋描述了蚕的外形：身上光滑无毛，体态柔软，头部像马。蚕的习性：吃桑叶吐蚕丝，喜湿怕热，喜湿怕雨。蚕丝的经济价值：给世界培添色彩，给家庭增加收入。蚕的生命周期：三俯三起，化蛹变蛾。最有意思的是，赋中还暗示了此物的读音，"名号不美，与暴为邻，""蚕"与"残"同音（cán）如此详尽的描述，已基本具备了民间谜语中赋体物谜的特征。此赋大约产生于两千三百年前。

汉末还出现了离合式的隐语。当时董卓白为太师，残暴专横。有童谣唱道："千里草，何青青，十日卜，不得生！"这是一条谶语，以拆字离合法隐"董卓当死"四字。其中"千里"合成"重"字，加"草"得"董"字；"十日卜"三字组合成"卓"字。

　　到了魏晋南北朝，谜语有了新的发展，正如刘勰所说："自魏代以来，颇好俳优，而君子嘲隐，化为谜语。"南朝梁文学理论家刘勰，在他所撰的《文心雕龙》中，对谜语的起源、发展等作了前所未有的系统论述，谜语这个名称逐渐流行。

　　在离合法的基础上，对文字的笔画或部首略作增减处理，形成了另一个方法"增损法"。《北齐书；徐之才传》有载徐之才嘲戏王昕的姓"王"字："有言为证，近犬为狂，加颈足而为馬，施角尾而为羊。"除了增损法，当时还出现了会意法。北魏杨衒之《洛阳伽蓝记》中记载：有一次，北魏孝文帝设宴招待群臣，喝到高兴处，举杯作谜让大家猜："三三横，两两纵，谁能辨之赐金钟。"被彭城王勰猜中。是"習"字。原来"三三横，两两纵"先猜成"羽"字。"金钟"是酒杯，酒杯古代有称"大白"的，所以"金钟"可扣"白"，"羽"加"白"就成了"習"字。

　　这个时期的谜语，很多是写成诗歌形式，琅琅上口，易诵易记，流传至今已有一千五百多年历史。隋唐时期的谜语，制谜手法更加丰富多彩，谜面更加简练，为以后文义谜的发展打下了基础。《太平广记》载有这样的故事：

　　隋侯白尝与仆射杨素并马言语，路旁有槐树憔悴死。素乃曰："侯秀才道理过人，能令此树活否？"曰"能"。曰："何计得活？"曰："取槐树子于树枝上悬着，即当自活。"素曰："因何得活？"答曰："可不闻《论语》云：'子在，回何敢死？'"素大笑。

　　原来，论语中"子在，回何敢死"是颜回对孔子说的，意思是老师尚在，弟子颜回怎也轻易去死。经别解后转义为"种子在，槐树怎敢死。"此故事距今大约一千四百多年。

宋代是谜语发展的重要时期，谜风盛行，人才辈出。王安石、苏东坡、秦少游、王吉甫、黄庭贤等文人学士都精通谜道。

到了宋代，随着市民文艺的兴起，谜语已经达到了非常普及的程度。如南宋时，杭州人元宵佳节将谜面贴在碧纱灯上，于是又衍生了"灯谜"这一名称。现在人们所说的灯谜，实际上就是谜语，已不一定贴在灯上。明朝时，出现了善于写灯谜的民间艺人，田汝成《西湖游览志余》记载了杭州元宵猜灯谜情况："杭人元夕，多以谜为猜灯，任人商略。永乐初，钱塘杨景盲，以善谜名。"明代前，还没有专门记载谜语的书，一些谜语只是散见于史书、诗话、笔记中，明代出现了专门记载谜语的书籍，如《谜社便览》、《千文虎》等等，不过这些书多已失传。冯梦龙编辑了《黄山谜》专集，搜集了大量的古代谜语，给后人留下了许多有趣的谜语资料。到了近现代，谜语更成为一种活跃大众文化生活、增长知识、开阔视野、启迪智慧的重要文学形式，各种各样的谜语研究著作和专集纷纷出版，数量众多。谜语是由谜面、谜目和谜底三部分结构的。谜面是谜语的喻体，又叫"表"，它是巧妙隐喻着谜底本体的单字、多字、成语、古今诗词文句或作者自拟的句子，也可以是图形或其他符号和公式，但多数采用短谣、韵语或诗词的形式。谜目是指谜面要求猜射的事物的范围，一般以"打一某某"或"打一某某类的事物"来标志。如果不规定猜谜的范围，猜谜者将无所适从，难以猜测。谜底是指谜面所要求猜射的事物，即谜语的本体。猜谜者要在谜面规定的范围内，找出它所指的实际事物，猜出谜底。

民国以来"男子剪发女子解足",猜"摩顶放踵"。像这样清新的谜语,虽招来守旧派的嘲笑和非议,但革新的潮流势不可挡。在众多有识之士和民间谜人的共同努力下,谜语朝着正确的方向,走进了新的时代。

全国解放后,在党的"双百"方针指引下,谜语在继承祖国文化优良传统的基础上,又进行了改革创新。特别是在改革开放以后,谜语内容更加大众化;谜语创作空间繁荣;谜艺技巧更加多样,富有时代气息的新谜好谜不断涌现。

新时代给谜语的发展带来了几次难得的机遇。

一是新中国成立后不久,国家推行"汉字简化方案",不仅增添了许多新字,如"旧"、"进"、"观"等等,也增加了许多一字多义字,如"后"字以前只作"帝王的配偶"解,现在还可作"前后的后"和"子孙后代"解;再如"云"字,以前只作"说话"解,现在还可作"天上的云朵"解。这样就给谜语创作提供了更大的想象空间,拓展了谜路。

二是媒体的介入,谜语受众迅速扩大。先是报纸杂志,后是广播电视。人们除了参加固定时间、固定场合的谜事活动外,在任何角落、任何时间都能享受到猜谜的乐趣。

三是改革开放后,祖国大陆与港、澳、台及海外文化交流更加密切,全世界炎黄子孙都可以聚在一起切磋交流谜艺,特别台湾谜友多次来大陆参加各种谜事活动,增进了双方的交流,促进了谜语的发展。

对于民间谜语来说,主要掌握两点。一是扣合。准确把握谜底事物的主要特征,运用修辞手法进行描述,隐而不晦,显而不露，难易适中，恰到好处。二是文句。谜面一般采用古言或七言四句诗歌形式，二四两句押韵，首句最好也押韵。这是民间谜语创作的基本要求，如要进一步提高，就要看经验和驾驭文字的能力了。

谜语来源于中国古代民间，是古人集体智慧创造的，无法把谜语的发明权落实到某一个人。中华谜语历经数千年的演变、发展、完善才形成现今的体系格局。到了历史的今天，这一古老的传统文化又获得新的生命。全国各地的猜谜活动蓬勃发展，各地的文化馆、俱乐部都成立了群众性的谜语组织，不少地区还成立了灯谜爱好者协会。灯谜的内容和形式也有了很大的创新，谜语真正成为了扎根群众的艳丽花朵。

2. 谜语的种类

谜语的种类繁多，主要常见的有画谜，哑谜，印章谜，诗词谜、楹联谜、字谜、成语谜、词语谜、古诗词文句谜、人名地名谜、动物植物谜、日常用品谜、影视剧名谜、中药名谜、人体谜、射覆谜、画谜、趣味谜、故事谜等等……

依照不同的区分方法，谜语又可以分为不同的类。例如：医药卫生类、人体及生理现象类、日常生活用品类、食品类、动物类、文具类、水果类、蔬菜类等等。当然，这都是按照谜底的性质来区分的。

区分的方法不同，谜语可以分成的类就不同，这主要是按照谜语的狭义和广义两种不同的解释意义来定的，也是按照使用谜语的人的习惯的不同来定的。

在中国，"谜语"这个词有狭义和广义两种解释。狭义的谜语又称民间谜语，包括儿童谜语及猜谜形式的山歌等；广义的谜语包含了狭义谜语，还有灯谜。也就是说，中华谜语分为民间谜语和灯谜两大类。它们有相似之处，如都由谜面、谜目和谜底组成；也有明显的不同之处：

其一，谜面形式不同。民间谜语追求韵律美，谜面多为四句，有节奏，有押韵，易上口，好记忆，字数较多，"闲字"也较多；而灯谜谜面用字精确简练，忌讳"闲字"，字数较少。

举一个字谜为例，谜底是"裕"字，民间谜语的谜面是：

日常生活两件宝，穿得暖来吃得饱；若把它俩放一起，只觉多来不嫌少。一共二十八个字。

再看灯谜的谜面是：

不愁温饱只有四个字。

差别是显而易见的。

其二，谜底范围不同。民间谜语猜射的范围多为人们生活劳动中熟悉的事物，比如自然现象、人体器官、动物、植物、食品、用品、设施设备及少量文字。而灯谜谜底是以文字为基础的，凡是文字、符号以及文字符号所能表达的所有事物、词语、名称、文句等等皆可入谜。

其三，也是最重要的一点，扣合机制不同。民间谜语除了少量字谜外，让要是事物谜。谜面运用拟人、比喻、夸张、双关等修辞手法对谜底事物的外形、内质、动作、功用以及声音、颜色、气味等特征进行描述，诱发人们的想像力，联想到某一事物与谜面描述十分相像。

而灯谜是文义谜，利用汉字音、形、义的变化，借助各种谜法技巧，使两个原来毫不相干的谜面和谜底，在某种背景下达成完成的吻合。

这就不难看出，民间谜语的谜底，关键是事物的性质，而不管该事物的名称或文字是如何表述的。相反，灯谜的谜底，关键是名称或文字的表述，而不管该事物是何种性质。请看民间谜语对"花生"的描述。

麻房子，红帐子，里面睡着白胖子。

根据谜面所述特征，谜底"花生"显然指的是尚未去壳去皮的花生果，所以要猜"花生果"也是对的，甚至猜"落花生"、"长生果"都是对的。但是不能猜田里种的"花生"，即"花生秧"。因为二者形态不同，尽管名称一样。再看灯谜的谜面：

捐资助学　　　　　（食品一）　　　　　花生

谜底别解为"花钱为学生"。显然，谜底只认"花生"二字。它可猜经济作物"花生"，即田里的花生秧；也可以猜食品"花生"，即店里卖的花生果，尽管二者形态并不一样。但是不猜"长生果"之类，因为不能扣合谜面，尽管"长生果"就是"花生"。

再看民间谜语猜"杜鹃"：

自小扎根在山坡，个头不大开花多；

一至春来花齐放，漫山遍野红似火。

抓住了"杜鹃"的基本特征，还可以猜"满山红"、"映山红"等杜鹃花的别称。

再看灯谜猜"杜鹃"：

林边堤旁对月鸣　　　　　（植物一）　　　　　杜鹃

"林边"是"木"，"堤旁"是"土"合为"杜"字；"月"字和"鸣"字结合得"鹃"字。显然，谜底只认"杜鹃"这两个字，它可以猜鸟名"杜鹃"，也可以猜植物"杜鹃"，还可以猜人名姓杜名鹃，甚至猜服装商标"杜鹃"，散文篇目《杜鹃》等等，但不能猜"映山红"之类。

中国谜语最早称为"隐"。始于战国时期。其记载见《韩非子》："右司马御座而与王隐。"而后又有"瘦辞"、"瘦语"之称。最终形成"谜语"一词，见于南朝刘勰的《文心雕龙。谐隐第十五》："自魏代以来，颇非俳优，而君子嘲隐，化为谜语。"中国谜文化渊源流长，不仅谜面意味深远，而且谜底风趣幽默。以下收录了中国谜语史话之最，敬请诸位雅观：中国最早的文谜，是南朝宋代刘义庆所著的《世说新语。捷悟篇》中所载的曹娥碎离合体文迷。距今已有一千五百多年。

其谜面是"黄娟幼妇外孙齑臼"，分扣"绝妙好辞"四字。

中国最早的诗迷，是南朝徐陵（507—583）编选的诗歌总集《玉台新咏》中的"稿砧今何在"的古诗。全诗是："稿贴今何在，山上复有山。何时大刀头，破镜飞上天。"谜底是"夫出半月当还"。

中国最早的字谜，是南朝宋代文学家鲍照（约414—466）的《鲍参军集》中的七字谜。如"二形二体，四支八头，四八一八，飞泉仰流"，射"井"字。

中国最早的实物谜，是南朝宋代刘义庆著的《世说新语。捷悟篇》中记载的曹操在门上题一"活"字，暗示门"阔"，后被主簿杨修所参破。

中国最早的灯谜，始于南宋。记载于南宋周密（1232—1298）撰的《武林旧事·灯品》："以绢灯剪写诗词，时寓讥笑，及画人物，藏头隐语，及旧京诨语，戏弄行人。"

中国最早把谜面刻在印章上制成的"印谜"，是南宋著名词人姜夔（约1155—1221）的印文。据南宋周密撰的《云烟过眼录》记载，姜夔的印文是"鹰扬周室，凤仪虞廷"。谜底扣他的名字"姜夔"。

中国最早的以图画悬猜谜底的"画谜"，始于明朝，记载于明朝徐桢卿（1479—1511）撰的《剪野胜闻》中画面为一妇人赤脚怀抱大西瓜，谜底是"淮西妇人好大脚"。

中国最长的灯谜，是把《郑板桥全集》一书拆成散页，一一张贴，打《三国演义》中两个人名，谜底为"郑文、费观"。

中国谜面最少的灯谜是"无文灯谜"。如：谜面不写一字，打一中药名"白芷（纸）"，或打一《水浒》中一诨号"没面目"等。

中国最早的谜书是《隐书》。出现在战国时期。汉代刘向在《新序》中写道："齐宣王发隐书而读之。"《汉书。艺文志》中所载的《隐书》18篇（已佚），也是专门的谜书。

中国记录灯谜最多的书，是清朝光绪三十二年（1906）平江张玉霖集的《一百二十家谜抄》。全书10卷，共收录谜语10万多条。

中国最早的谜社，是宋朝的"南北垢斋"和"西斋"两社。记载于南宋孟元老撰的《东京梦华录·都城纪胜》："隐语，则有南北垢斋，西斋，皆依江右谜法，习诗之流，萃而成斋。"距今已有八百多年的历史。

中国最早将画谜成书的人是武汉的胡啸风。他编印的《画谜选》（1卷）刊印各地画谜100幅。

中国最早刊载灯谜的杂志是晚清梁启超主编的《新小说》。

中国撰写谜书最多的人是民国初年的韩振轩。他共著有《隐语集成》等16种谜书。

薄薄一张纸，四边生长细牙齿，两地朋友要谈心，必须请他当差使。 （用品一）邮票

本书编录的谜语作品较多，为方便检索，均依照谜底的性质，分门别类予以排列。至于其他一些名称，如"弹壁"、"切脚"、"射覆"、"市语"、"图谶"、"嘲戏"、"测字"、"歇后"等，有的是某一历史时期的别称，有的现在已不属于谜语范畴，仅作为研究参考，本书则不作介绍。还有一些现在仍然常见的名称，如潮汕"韵谜"，福州"双谜"、"独脚虎"、"北派谜"等。其中"韵谜"和"双谜"有一定难度，尚不普及，亦不作详细介绍，而"独脚虎"和"北派谜"是值得一提的。

"独脚虎"一词有两种含意，一种含意是指"一字谜"，即谜面仅为一个汉字或一个偏旁部首的灯谜。另一种含意是指元人首创的以单名七言诗为谜面的谜。"独脚虎"有一定的规则：必须自撰，不能用成句；必须七字，符合诗律，不能标谜格，若有也只能消化在谜中，不能用俗字俗句，要求典雅。最早的"独脚

虎"见于明代谜家贺从善编撰的《千文虎》中,全部是七言诗句射四字《千字文》句子,有"七字包四字"之说。本来"独脚虎"只是一种创作手法,自从有了"北派谜"后,"独脚虎"也就跟灯谜流派结下了不解之缘。

民国初年,灯谜风行。北京有个叫"北平射虎社"的灯谜组织,拥有数百位博学多才的灯谜高手,创作的灯谜不计其数。但由于当时人们喜欢用现成的诗句名句做谜面,时间一长便出现许多雷同的作品,颇为尴尬。说好听些,这是"英雄所见略同";说不好听的,是抄袭。当时北平有位谜家张郁庭,才识过人,思想超前。为减少雷同现象,避免谜人之间产生猜忌,率先倡导"独脚虎",并推出"八体三十八法"的创作理论,形成很大影响。北平及周围地区谜人竞相效仿,一时成为风尚,有人称之为"北派谜"。相对"北派"而言,原先以成语及诗词文章名句为谜面的创作风格都归为"南派"了。

对于灯谜流派的南北之分,谜界有赞同的,也有不同观点的。持不同观点者认为,"独脚虎"只是灯谜创作的手法之一。"八体三十八法"也是由灯谜基本技法演变而来。因而无所谓流派之分。当前普遍的看法是,既有"北派"之说,让其存在也无妨,只是不必把它当成灯谜的学派。它既无门户之见,也无地域之分,未接触过"北派"理论的人,大可继续创作他的"独脚虎"谜;提倡"北派谜"的人也未必拘泥于"独脚虎",同样可以创作各种风格的好谜,只有这样,才能促进中华谜语的繁荣发展。

通过比较,民间谜语和灯谜这两个概念基本明晰了。不过还有一个误区值得一提。"灯谜"二字当初是因谜条挂贴于灯上面得名,历史上很长一段时期也都将挂在灯上的谜语称作"灯谜"。但是中华谜语演变到现在,"灯谜"二字再不是单纯字面上的意思,而是专指"文义谜"了。也就是说,挂贴在灯上的谜语不一定就是"灯谜",比如民间谜语挂在灯上本质上还是民间谜语,歇后语挂在灯上本质上还是歇后语。反过来,文义谜即使不挂贴在灯上,仍称作"灯谜"。

文义谜中,除了以字句为面的一般灯谜外,还有一些以图画、印章,甚至物品、声音、动作来替代谜面的,通常称为"花色灯谜"。这些谜的谜面虽然不是直接用文字来表现,但与文字一样表示某种特定的意思,更主要的是在扣合上,谜面与谜底形成一种文字音、形、义变化的关系,本质上仍属文义谜,所以归在灯谜一类,是一种特殊的灯谜。此外,还有一些带谜格的灯谜。

谜语风格大至可以分为主流风格、民间风格、典雅风格和通俗风格四种类型。

主流风格的谜作多产生于某个时期、某种场合,为了某种特定的需要而特别创作的。其特点是主题突出,内容严肃,针对性强,效果显著。请看一则以"祖国"为主题的谜作:

中国在腾飞　　　　　（化学名词一）　　　　　升华

再看一则以"祖国统一"为主题的谜作:

别分裂,团结共前程　　　　　（国际友人一）　　　　　加利

再看一则以"法制"为主题的谜作:

法网恢恢,疏而不漏　　　　　（京剧目一）　　　　　全部

罗成

以上三条谜作虽然主题各不相同，但都具有主流风格的特征。

民间风格的谜语多以百姓常见熟悉的事物为谜材，谜面语言琅琅上口，易记易传。大多数民间谜语都属于这种风格。

典雅风格，又称"书家意"。此类谜作注重文采，书卷气浓厚，多以典故入谜，或以前人诗词名句做面，在扣合上追求贴切自然，浑然天成。典型的谜作如：

霜禽欲下先偷眼	（《西厢记》一）	恐怕张罗
萧疏听雨声	（《汉书》一）	此天下所稀闻
到黄错点点滴滴	（外国名著二）	天才、黑雨

上述谜作均属典雅风格，但猜起来有一定难度。

通俗风格的谜语，猜起来障碍要少得多。因为谜面多源于生活，使用通俗的语言。即使是成句，也是平易近人的。在扣合方面，即使有别解，也只是汉字一字多义等手法。所以大众容易理解和接受。比如：

天庭饱满　地阁方圆	（礼貌用语一）	首长好
冰坛新秀	（歌词一）	人才溜溜得好
故友两别离	（历法名词一）	腊月
语言有失	（流行歌曲一）	那就是我
此天子气也	（奥运名词一）	圣火

可以看出，以上谜作朴实无华，深入浅出，而且扣合贴切，妙趣横生。可见通俗并非庸俗、粗俗，所谓"俗不伤雅"就是这个道理。

现在，随着谜语的繁荣，我们还经常看一些谜语故事及智力竞赛、益智游戏之类的竞猜题，有人也称之为谜语，其实这不能一概而论。为了加以区别，我们先来看一则外国古老的谜语故事：

古希腊神话中，有一个怪物叫斯芬克斯，长着美女的脸，狮子的身，还带着翅膀。斯芬克斯把守着底比斯的城门，每当有行人经过时，它就让人猜谜："什么动物早晨四条脚走路，中午两条退走路，晚上三条退走路？"行人猜不出它的谜语，就要被它吃掉。就这样，很多人被它吃掉了。

有一天，自小被遗弃在外的底比斯五子俄狄浦斯回到了底比斯城，立刻就猜出了斯芬克斯的谜底是"人"。他解释说"早晨"指人的婴儿的时期，爬着走；"中午"指人的成年期，两条腿走路；"晚上"指人的晚年，拄着拐杖走。斯芬克斯见自己的谜语已被破解，就离开了底比斯，最后终于自杀而亡。俄狄浦斯也被百姓拥戴为新国王。

从结构看，斯芬克斯的谜语也由谜面、谜目和谜底三部分组成，也采用了比喻的手法，营造了"回互其辞，使昏迷也"的效果，类似中国的民间谜语。但风格差异很大，完全没有那种琅琅上口的节奏和韵律。

再看一道特殊的"脑筋急转弯"题，它是利用外文一词多义特点构思的：

为什么每条河边都有两家银行？

我们知道，每条河都有两个堤岸。在英文中，堤岸是 bank，凑巧的是"银行"也是 bank，经过别解，就得出"河边有两家银行”的结论了。

还有一种比较适合现场限时抢猜的智力竞赛题，题面由四个互不相干的提示组成，多要求猜某种事物。如：

提示一：“树”；提示二：“油”；提示三：“枝”；提示四：“球”。要求猜两个字的事物。

本道题首先要以名称借指的方法，找出题面四个提示中各个概念的外延。如“树”可以找到“苹果”、“荔枝”、“橄榄”、“棕榈”等，而“樟”、“梨”等因单字不符合谜目要求。又如“油”可以找到“花生”、“棕榈”、“芝麻”、“橄榄”等；“枝”可以找到“杨柳”、“橄榄”、“葡萄”等；“球”可以找到“羽毛”、“乒乓”“橄榄”、“曲棍”等。不难看出“棕榈”有两次重合，而“橄榄”全部重合。显然“橄榄”是正确答案。这种游戏形式与谜语最大的差别在于谜面不是完整的文句，没有完整的意思，当然就更谈不上文采了。

与谜语有着亲缘关系的还有歇后语。自魏晋以来，歇后语经过长时期的发展演变，已经自成体系，淡化了猜射功能，扩大了实用范围。如：

八仙过海——各显神通

黄鼠狼给鸡拜年——没安好心

可以看出还有一点谜语的痕迹，但已经不是谜语，它已经成为中国语言中惯用语的一种了。

由上面的例子我们可以看出，谜语的种类可以说是琳琅满目，只有确定了谜语的种类，我们在猜谜时才能更靠近答案，才能有一定的方向。谜语作为一种娱乐的方式，为了使人们在娱乐时可以更尽兴，本书在这里具体为大家列举的一些谜语的种类，以及一些与之相关的具体例子，其目的是为大家带来更多欢乐。

3．谜语的构成

　　谜语一般由谜面、谜目和谜底三部分组成。有些运用谜格制成的灯谜还有谜路。

　　如：第一个教室（学校用语），谜底：先进班级（作"最先进入班级"解）。这里"第一个教室"是谜面，"学校用语"是谜目，"先进班级"是谜底。

谜面

　　谜面是灯谜的主要部分，是猜谜时以隐语的形式表达描绘形象、性质、功能等特征，供人们猜射的说明文字。

　　它是为了揭示谜底所给的条件货提供的线索，是灯谜艺术的表现部分，也可以说是灯谜提出问题的部分，通常由精炼而富于形象的诗词、警句、短语、词、字等组成。谜面文字要求简介明了，通俗易懂。

　　谜面可以说出来让人猜，也可以写出来让人看。一般来讲，民间谜语（事物谜，包括简单的字谜）多是说出来的，灯谜差不多都得写出来。

　　比如，有这么一条民间谜语：大姐树上叫，二姐吓一跳，三姐拿砍刀，四姐点灯照。（猜四种昆虫）。这四句就是出的谜底，也就是谜面（谜底：蝉、蚂蚱、螳螂、萤火虫）。这四句就可以说出来，让人来猜。

来看看灯谜的谜面：三市尺不是米。（打一字）；凤头虎尾。（打一字）这样的谜面就是要写出来，因为谜底得反复琢磨。头一个谜底是"来"，因为三市尺是"一米"，"一"、"米"上下一合，是"来"字。第二格谜底是"几"字，因为凤字"头"和"虎"字的"尾"，正好都是"几"字。

还有一些灯谜的谜面不是文字，而是由图形、实物、符号、数字、字母、印章、音像、动作等组成。不论谜面采用哪种形式，都应该简洁明快，隐喻得当，富于巧思。

谜目

谜目是给谜底限定的范围，是联系谜面和谜底的"桥梁"。它的作用有点像路标，给人指明猜测的方向。

如"猜字一"，就是限定谜底只能是一个字，不能是别的东西，也不能多余一个字。即使猜别的东西也能扣合谜面，仍算没有猜中。

谜日附在谜面的后边，比如"打一字"，"打"是"猜"的意思，"打一字"就是"猜一字"。

一般谜目规定的谜底是一个，也有的是两个或者几个。比如：客满（打二字）。谜目规定了谜底有两个。用会意法来猜，谜底就是"促"、"侈"。客满，表示人已经足够了，"人""足"

合成"促";也可以表示人已经非常多了，"人""多"合成
"侈"。

标谜目时，应特别注意其范围。标的范围过大，猜射起来就
难；标的范围太小，猜射起来就太容易。

谜底

谜底就是谜面所提出问题的答案。谜底字数一般很少，有的
是一个字、一个词、一个词组、有的是一种事物的名称或者动
作，最多也不过是一两句诗词。如果谜底字数教多，制谜者就不
容易制出好谜，猜谜语者也不好猜中。有趣的是，有些灯谜的谜
底和谜面互相调换以后，还能成谜。比如：泵（打成语一）。泵
是一种机械，有气泵、水泵等。"泵"字"石"在上，"水"在
下，用会意法猜出谜底：水落石出。"水落石出"是个成语。反
过来，用"水落石出"做谜面（打一字），它的谜底就是"泵"。

谜底是指谜面含蓄转折所指的、要人猜射的事物本身，是灯
谜隐藏的内在部分，也可以说是谜面所提问题的答案。

谜底既要符合谜面的内在含义，又必须符合谜目所限定的范
围，使人一见谜底就有"恍然大悟"之感。

一般说来，灯谜的谜底应专一。一则好的灯谜，应该而且只
能有一个谜底，不应该有两个或者更多的谜底。

谜格

谜格产生于明代。当时，由于灯谜的不断发展，通常使用的制谜方法已远远不能满足人们的需求。于是人们创造出各种各样的迷格，借助它们来制作谜语。

按照迷格的规定，或者把谜底中字的位置移动一下，或者把谜底中的字读成谐音（就是字音相同或相近），或者对谜底中文字的偏旁部首进行一番加工整理，然后再去扣合谜面。

谜语又称灯谜，是富有中国民族风格的文字联想游戏。所谓游戏，就是人们在日常生活中玩物适情，自我行乐的活动。而"人们在每种游戏中，也如在劳动中一样，是自觉的目的的。"于各种游戏的特点不同，它所发挥的增益智力、陶冶情操、涵养身心、博趣遣兴的作用也有所不同。又由于人们的年龄、性别、文化、兴趣和爱好不一，其所选择的游戏形式也各有异。灯谜是一种文字联想游戏，其寓意深邃，涉猎的知识面广。因此，一般它适合在不同阶层、不同年龄，但需具有一定文化水平的人们中间进行。

一般地讲，谜语可以分成两大类，一类叫事物谜，就是常说的谜语；另一类叫文义谜，也就是常说的灯谜。

制谜不难，但制好谜则不是件容易的事。有道是"好谜本天成，妙手偶得之"。下面是制谜五要素，也可说是品谜五要点。大家作谜猜谜实属娱乐，有些应时玩笑之作犯忌，也无可厚非。另外标准是人诌的，见仁见智，也很自然。

（1）扣合紧切

灯谜乃是利用汉字一字多义特点的文字游戏。好谜要做到字字落实，别解正确。一是要字义准确，如"盼曙光早临大地"猜外国地名"巴黎"，"黎"字意义不清，"黎明"可扣"早晨"，"黎"字典上没有这个意思。二是要概念清楚，如"末代皇妃"猜"后继无人"，概念混淆，妃和后并不可互换。三是要防止头重脚轻，即大概念扣小概念。如"桃李满天下"猜"花花世界"可以，而用花花"扣"桃李"则说不过去。

（2）谜面大方

古人以诗词成句作面为佳，有点失之过严。不过自制谜时谜面必须成文。像"示土"猜"合作社"，"杭改作航"猜"木已成舟"，"专吃金木火"猜"水土不服"不值一评。如"杯酒献殷勤"猜"曲意逢迎"，扣合不错，但痕迹过多。谜面改为"接风酒"则大方得多。

（3）谜味浓郁

灯谜以"曲"字为第一要义，直解形同问答与解释，毫无谜味。如"十天跑完长城"猜"一日千里"，"园艺家专长"猜"移花接木"等差强人意。"百年松树，五月笆蕉"猜"粗枝大叶"非无别解，然谜味无几。而"鲁迅作品"射"山东快书"，"清明时节雨纷纷"射"满汉细点"尽得曲中奥妙。

(4) 用典不虚

灯谜用典乃是常事，不过要有典实为据，不可生造。如："沛公如厕未遭害"射"在所难免"用的是"史记"事；"吕子明白衣渡江"猜"蒙混过关"用的是三国故事；"桃花潭水深千尺"射"无与伦比"用的是李白的诗，以典实而扣，不失为佳构。而"孟德编剧，景升登台"猜"操作表演"，"张翼德查户口"猜"飞入寻常百姓家"，扣得不差，典故却是生造的，不足为取。

(5) 通俗自然

要避免入魔，魔谜往往生拉硬扯，勉强别扭。如"甚矣吾衰矣"猜"半途而废"，以"半途"（余）扣"吾"。"投之所好"猜戏曲"送鹅"，用"之"扣"王羲之"。"裁"射诗经"哀哉莫能言"。好谜不以魔道见长，往往谜面显豁，谜底或曲径通幽，或奇兵突起，或意态悠然。如："三十六才子"射"月底西厢"，"金乌玉兔"射"万古云霄一羽毛"，"鲁提辖拳打镇关西"猜"不知者以为为肉也"，俱神品矣。

简要的说，谜语大致有三个基本特征：

一是，独特的结构：灯谜一般由三部分组成，即谜面、谜目和谜底，也称灯谜三要素。

二是，面与底别解：灯谜利用汉语字词多意的特点，不把谜面作原意解释，从而得出别样的意思，所谓"谜贵别解"，别解方显谜味。

三是，面与底异字：在灯谜中凡是谜面上有的字，在谜底中不能再出现，否则称为"露春"，灯谜一般是不允许露春的。

知道了谜语的结构，也是有利于我们猜谜的一种途径，不管怎样，我们对谜语的了解，都是为了猜谜服务的，而猜谜的从根源上说，又是为了娱乐服务的。

4. 猜谜的方法

谜面必须隐匿谜底，同时谜面还必须在隐匿中显示出谜底本体。如谜底隐匿过甚，猜谜者无法从谜面推知谜底，则谜的目的无法实现。故不论对于文义谜还是事物谜，谜面都应在隐匿谜底的，同时包含、显示谜底。欲隐欲示，半隐半示，既隐匿又显示，既不完全隐匿也不完全显示，这样的面底关系对每一个制谜者、猜谜者来说，都是一种不小的挑战。

总结来说，对事物谜，谜面与谜底的关系至少应当符合下列两个规则：谜面与谜底存在特质与事物或者（广义的）属性与概念的关系；谜面与谜底存在隐示关系。此处的"隐示"实际上包括了"隐匿"与"包含、显示"两个有机组成部分。

依据特点谜面的特点事物谜何以成为可能？事物谜得以存在的客观依据是，每一事物具有多方面的性质、特征、功能等。在诸多性质、特征、功能中，有些为此事物独有而不为其他事物所有，或者显著地属于此事物而非显著地存在与其他事物。这些事物独有的或者显著地拥有的性质、特征、功能等，就是事物的

"特质"；特质的存在，就是事物谜得以成为可能的客观依据。事物谜得以存在的的主观依据是，制谜者能够发现并正确的表达事物的"特质"。制谜者要有一双敏锐的眼睛、一颗聪慧的大脑和一套娴熟的技巧，通过观察、发掘、对比、筛选，发现事物的特质，并以符合事物谜规范的表现形式对特质进行加工、整理、变形。

要指出的是，上面说"制谜者能够发现并正确的表达事物的'特质'"，与事物谜的"避免直陈特质规则"并不冲突，关键在于表达的形式及技巧，在于表达是否达到了"隐示"的标准。为了既表达事物特质又避免直陈，事物谜谜面往往不得不采取迂回、曲折的手段，通过比喻、拟人、夸张、变形等处理，谜面离它本来的面目非常遥远，在语言文字形式层面上看起来不合逻辑、扭曲事实乃至荒诞不经。例如：

小时头发白，老来头发黑，无事戴帽子，有事要秃头。
（毛笔）

十个加十个，还是十个，十个减十个，又是十个。　　（手套）

不是狐，不是狗，前面架着铡刀，后面拖把扫帚。
（狼）

有头没有颈，身上冷冰冰，有翅不能飞，无脚反能行。
（鱼）

这样的谜面从表面上直观认识，的确不得不承认它只不过是"从原已熟悉的外在世界中挑选一些原来分散杂乱的个别特征和属性（这些在外在自然中一般是分散杂乱的），用不伦不类的因而显得奇特的方式，把它们结合在一起"（黑格尔《美学》）。但如果真正理解事物谜面底关系的规定性，对事物谜谜面表现出如此的"不伦不类"就丝毫不会感到奇怪。当我们穿透这"不伦不类"的表象，以事物谜本来应当具有的面目去考察、认识和体味，不难发现，创作者要顾全面底的欲隐欲示，不即不离，又要追求形式的新鲜生动以吸引猜谜者的好奇，这样的"不伦不类"似乎是不得以而为之。这当然不是事物谜的优点，但也绝不是缺点；如把它视为缺点，就不是站在谜的角度认识谜，而在是以文学、诗歌、科学或者逻辑来要求谜。

附带说明，事物谜谜面采取迂回、曲折的手段指射谜底本体，通过比喻、拟人、夸张、变形等方式对已发现的事物特质进行处理，这中间已经蕴涵了偷换概念、词义转移之类手法。这些手法在事物谜中运用到了何种程度？与文义谜的别解有何关系？无疑值得探讨。

下面总结几个猜谜方法：

拆字法：亦称字形分析法，或增损离合法。它和会意法一样，是灯谜猜制两大法门之一。

离合法：是灯谜最常用的猜制手法之一。汉字字形结构复杂，字中有字，可分可合，变化多端。离合法正是利用这种可以分解离析、重新组合荫生新意的特点，来制作灯谜的增补法：根据谜面或谜底带有增加意义的字眼所作的提示，用增补字或者部首、偏旁、笔画的办法求得面底相互扣合。

减损法：根据谜面或谜底带有减损意义的字眼所作的提示，从谜面或谜底中减去有关的字或偏旁、部首、笔画，然后使面底相互扣合。

半面法：亦称"一半儿"谜。采用将谜面汉字各撷取一半部分的手法，而后拼成谜底，谜面大多数带有"半"字。

方位法：按谜面文字笔画所指之东南西北、上下左右，内外边角等方位，将有关的字、偏旁、部首或笔画作相应处置，缀为底。

参差法：利用汉字的笔画位置变更，无须增损，达到你中有我，我中有你，相互参差之目的。

移位法：依照谜面文字的修饰关系，再移动汉字笔画成谜底。

残缺法：是通过谜面文字残缺组合成谜底。残缺的部位随谜意而定，残缺笔画有多有少，或一笔，或半截，或残边，或残角，灵活运用。

通假法：把谜面中的某个字，变今义作古义解释。亦称"古通"，这通假带别解成份，有些字还有异读成份。

盈亏法：取文字的笔画，或此多一笔，彼少一笔；谜底作巧妙的调整，谜面含义以顺理成章为妥。

会意法：亦称字义分析法，它和拆字法一样是灯谜猜制两大法门之一。它从谜面上的文字（包括字、词或句）可能具有的含义去领会、联想、推敲、探索谜底，使谜面谜底经过别解按某种特定的含义相吻合。

谜语术语

谜

狭义的谜指谜语，广义的谜除了指谜语外，还指类似谜语的一些语言类益智游戏，甚至也指所有尚未明白或难以理解的事物，如"宇宙之谜"、"生命之谜"等等。

谜语

狭义的谜语指民间谜语，包括儿童谜语。民间谜语除少量文字外多为事物谜。广义的"谜语"除指民间谜语外，还包括文义谜，又称灯谜，灯谜的谜材几乎无所不包。

灯谜

宋代以来将谜语挂在灯上供人猜射，由此得名。谜语分化为民间事物谜和文义谜后，"灯谜"的含义也有所变化。在当代，广义的灯谜指挂在灯上供人猜射的谜语，狭义的灯谜专指文义谜，不论是否挂在灯上。现在通常所说的灯谜是狭义的，即文义谜。

谜面

谜语的题目，也称谜题、题面、面文、面句，简称面，是一条谜语最重要的内容之一。

谜目

谜底的范围。谜目对谜底的范围一方面起限制作用，一方面起提示作用。迷目有一定的伸展性，依具体情况而定。如谜底为李清照，迷目可标"宋代著名女词人"、"宋代著名词人"、"宋代女词人"、"宋人"、"古人"、"古文人"等。

谜底

谜语的答案，也称底句、底文、简称底，是猜射的最终目标，受到谜面意思和迷目范围的双重约束。

谜格

灯谜的格式。它的作用是提示谜底必须作出某种改变。不同的改变形式有相应的谜格及相应的格名。最常用的谜格有秋千格、卷帘格、徐妃格、求凰格、白头格、梨花格、蝇头格、遥对格、解铃格、摩顶格、骊珠格、上楼格、下楼格、红豆格、梨花格等。

谜面加注

当谜底要进行某些变化，谜面本身难以交代，又不属于谜格的变化范围时，可用谜面加注法，简称加注法。在谜面旁边另用括号加上一句话，这句话不能明说谜底的变化，表面是对谜面的评语，话中暗示谜底要作某些变化。如谜面"柑橘中游"，加注"要用'心'猜"，谜底为成语"不相上下"，猜时加个"心"，实际要以"不想上下"的思路来扣合。

谜体

灯谜的载体，与灯谜的创作技法有关。常见的谜体游会意体、象形体、离合体、增损体、问答体、谐声体等。

谜法

灯谜猜射的方法，由汉字"六书"原理演变而来。按字义、字形、字音变化分成许多具体门类，时文义谜成谜的基础。

谜眼

文义谜运用别解手法时，起关键作用的字眼。在底称底眼，在面称面眼。

谜味

谜语在扣合中人们所感受到的兴味乐趣。谜味时评判一则谜语成功与否的标准之一。

底材

可做谜底的字、句、语、词。从理论上说，凡事皆可成谜，但实际上不同谜底创作难度差异很大，所以通常会有针对性地进行地材选择。

佳底

特别适合创作谜语的底材。通常这些底材中含别解成分较多，别解趣味较浓。

佳面

就同一题材而言，可从不同角度构思不同的谜面，其中最佳的称为佳面。

别解

别解多用在谜底中，也有用在谜面上的，还有底面都用的。

别义

与本义相对，指组成语句的字、词经过别解后，使整个语句的意思也发生变化。

底面双别解

谜面和谜底都采用了别解的手法。底面双别解的谜，底面往往可以互相扣合。

白描法

又称谜面有典化无典。谜面本来有典故，但不以典故的情节意思扣底，而是以谜面文字的意思去扣合谜底。如"床前明月光"，答案"旷"字，猜时并不理会原诗中李白月夜思故乡的情节，只抓住"床前"为"广"字，"明月光"为"日"字，合为"旷"字。

问答法

谜面以提问的形式出现，谜底以回答问题的方式进行扣合。如"李下为何不整冠"，扣哲学名词"因果关系"。

与虎谋皮

本是成语，意为向老虎要虎皮，比喻不可能办到的事。此处"虎"别解为灯谜，"皮"别解为谜面，整句就是"给谜底出谜面"。现在大型谜会多有此项比赛，主办人拟出谜底，参赛者在规定时间内创作出谜面。

撞车

指不同的谜作者不约而同的创作出雷同的谜作。

隐语和辞

古代没有谜这个字，隐语和廋辞是谜语的雏形。古书上有"廋隐也"，又有"隐，廋语也"。廋与隐互训，是一个意思。

射履

古代类似猜谜的游戏。用容器将物品盖住让人猜，猜中后要用隐语回答。

复合底

谜底由两个或两个以上的词语组成，以整体意思对应谜面，一气呵成，顺畅自然，又称集锦谜底。

成名为面

用前人现成的诗、词、文句为谜面，通常是人们熟悉的句子，可以按字面的意思扣底，也可以按句子原意扣抵。

自撰谜面

广义的自撰谜面指非成句的谜面，狭义的自撰谜面指的是以自拟的五言或七言诗句为面。通常指的是狭义的那种。

双谜

可用成句，也可自撰。因起源于福建省福州地区，故也称福州双谜。双谜的谜面和谜底各有两句，有如对联，要求工对仗，成对配合，分别扣合。

知道了猜谜的方法，结合一直的谜语的构成、谜语的分类等一系列知识，猜谜对于我们来说，就更加容易、有趣的一件事了。

第二章　谜语的进一步发展

1. 古代诗句中蕴含的谜语

我国的谜语出处广泛，大量的谜语蕴含在古诗里，下面是五首古诗里蕴含的谜语：

第一个，道士和王安石下棋时出的谜语：彼亦不敢先，此亦不敢先，惟其不敢先，是以无所争；惟其无所争，故能入于不死不生。

王安石何等聪明，笑道，这不就是下棋吗？不过，干什么的吆喝什么，这道士在谜面里面渗透了道家的"不敢为天下先"的思想，可谓巧妙。

第二个，作者据说是王安石，就是据说啊，别当真。"佳人伴醉索人扶，露出胸前白雪肤，走入绣帏寻不见，任他风雨满江湖。"

这不就是一首艳诗嘛！这里面说的是四位诗人。贾岛（假倒），李白（里白），罗隐，潘阆（翻浪）。

第三个，生在色界中，不染色界尘，一朝解缠缚，见性自分明。

这个据说也是王安石的作品。谜底据说是一种染布时裹在布里的材料。联想一下王安石因其新政而招致的不解和攻击，这首诗是不是也寄托了他"人间自有清白在"的情思啊？

第四个，长空雪霁见虹蜺，行尽天涯遇帝畿，天子手中执玉简，秀才不肯着麻衣。

这是四位古人诗谜。分别是韩绛、冯京（逢京）、王珪（王圭）、曾布。其中，"长空雪霁见虹蜺"指韩绛，不太好理解。目前所看到的解释大多为"寒降"，果真如此的话，为什么还要特意说"见虹蜺"呢？这是硬是让我琢磨透了，所谓的虹蜺就是彩虹，而虹在口语中又读"jiang"，我们老家有句谚语叫"东虹隆隆西虹雨"，就读jiang音。这样的解释，目前应该还是首创，也更真实可信吧。

第五个，人人皆戴子瞻帽，君实新来转一官，门状送还王介甫，潞公身上不曾寒。这个谜语设计更加巧妙，用当今（宋朝）的人猜古代的人。

人人皆戴子瞻帽。子瞻，指苏轼（字子瞻）。子瞻帽，是苏轼独创的一种长筒高帽，那就是众长筒（仲长统）。

君实新来转一官。君实，指司马光（字君实）。司马光换官了，就是司马迁。

门状送还王介甫。王介甫，指安石（王安石）。送还王介甫，就是谢安石，即东晋的谢安。

潞公身上不曾寒。潞公，指彦博（文彦博，就是树洞取球的那位）。不曾寒，那就是温了，就是温彦博。

　　谜语联是将谜语用对联的形式来表达，对联是谜面，隐含谜语。这种楹联一般具有双重含义：一是楹联表面表示的比较明确的含义；一是其深层之义，是在联语背后所隐寓的含义。这样的楹联，趣味性、娱乐性、知识性、宣传性等多种效果兼备，在民间比较多见。

　　人穷双月少
　　衣破半風多

　　漂母先施一饭
　　韩侯后赐千金

　　阿兄门外邀双月
　　小妹窗前捉半風

　　刚被太阳收拾去
　　却教明月送将来

　　鲁肃遣子问路
　　阳明笑启东窗

　　你共人女边着子
　　怎知我门里添心

新月一钩云脚下

残花两瓣马蹄前

口中含玉确如玉

台下有心实无心

数声吹起湘江月

一枕招来巫峡云

樱桃小口齿楞楞吞粗吐细

杨柳纤腰星闪闪知重识轻

日落香残，免去凡心一点；

炉熄火尽，务把意马牢栓。

东生木，西生木，掰开枝丫用手摸，中间安个鹊窝窝；

左绕丝，右绕丝，爬到树尖抬头看，上面躲着白哥哥。

白蛇过江头顶一轮红日

青龙挂壁身披万点金星

数谜诗，顾名思义就是数字猜谜诗，有三种形式。一种是数字计算类谜语，似趣味数学。它犹如今的一道趣算数题，文字表达则采用古典诗可咏可歌的形式表现出来，形式活泼生动。清人徐子云著《算法大成》，其中有这样两首数谜诗：

巍巍古寺在山林，不知寺内几多僧。

三百六十四只碗，看看周遭不差争。

三人供食一碗饭，四人同吃一碗羹。

请问先生明算者，算来寺内几多僧？

小小寞湖有新莲，婷婷五寸出水面。

孰知狂风荷身轻，忽看素色没波涟。

渔翁偶遇立春早，残卉离根二尺全。

借问英才贤学子，荷深几许在当年？

第二种是用一至十作为谜面，其中多是打油诗般的民间语言，颇耐人寻味：

如：一字生得奇，共唱四出诗：第一出霸王举鼎，第二出王婆骂鸡。第三出武松打虎，第四出吴汉杀妻。谜底是"捌"字。

又如：大姐尖尖，二姐圆圆，三姐打伞，四姐捏拳，五姐红带紫，六姐紫带香，七姐遍身疮，八姐双对双，九姐穿红袍，十姐满身毛。

谜底分别是笋、番薯、芋、蕨、苋菜、紫茄、苦瓜、豇豆、南瓜、冬瓜。

再如：自小生来十兄弟：四个上天朝玉帝，两个磨地磨过世，一个红心红过世，一个黑心黑过世，一个白心白过世，一个口水流过世。谜底是星斗、门斗、熨斗、墨斗、灰斗、水斗。

当然最出名的一首，是传司马相如去长安谋官，后拜中郎将，竟把卓文君淡忘，五年后，给卓文君一信，信中只有"一二三四五六七八九十百千万"13 个数字，卓问文君阅后，心知其意，诗中缺"亿（忆）"，知司马相如欲与自己分离之意。可惜不是诗，所以不算。

第三种是谜底是数字，最出名的是下面两个：

相传宋代女诗人朱淑贞，在她丈夫变心后曾巧制了一首《断肠谜》：

下楼来，金钱卜落；问苍天，人在何方；

恨王孙，一直去了；罟冤家，言去难留；

悔当初，吾错失口；有上交，无下交；

皂白何须问；分开不用刀；

从今莫把仇人靠；千里相思一撇消。

这首词每一句都是一个字谜，连起来就是一、二、三、四、五、六、七、八、九、十。

下面这首词，作者是清爱新觉罗．弘历，也有异曲同工之妙：

下珠帘焚香去卜卦，

问苍天，侬的人儿落在谁家？

恨土郎全无一点真心话，

欲罢不能罢。

吾把口来压！

论文字交情不差。

染成皂难讲一句清白话。

分明一对好鸳鸯，却被刀割下。

抛得奴力尽手又乏。

细思量，口与心俱是假。

据说，这首词出自乾隆皇帝笔下，看似一个女子的绝情词，实际每句都含着一个数字，十句话从一写到十。第一句"下"去掉"卜"就是"一"；第二句"天"落下了"人"就是"二"字；第三句"王""无一"是"三"；第四句繁体"罢"去掉"能"是"四"；第五句"吾"去了口是"五"；第六句即从"文"和"交"析出"六"；第七句染黑了就去掉了白色（皂：黑色），"皂"去"白"是"七"；第八句"分"割了下部是"八"；第九句"抛"去了手（扌）是"九"；第十句"思"去了"口"和"心"是"十"。从一到十共十个数字，就这样被巧妙地安排在一首情辞俱佳、通俗易懂的情诗里。

还有一首无名氏的如下：

好元宵，兀坐灯光下；

叫声天，人在谁家?!

恨玉郎，无一点直心话；

事临头，欲罢不能罢。

从今后，吾当绝口不言他；

论交情，也不差。

染成皂，说不得清白话；

要分开，除非刀割下。

到如今，抛得我才空力又差；

细思量，口与心儿都是假。!

谜底亦是一、二、三、四、五、六、七、八、九、十。

这一首比起前面的那两首，也并不逊色，尤其是"染成皂，说不得清白话"，"细思量，口与心儿都是假"，实在令人叫绝。

另外，清代褚人获《坚瓠九集》载有一首诗谜：

百万军中卷白旗，天边豪富少人知。

秦王斩了余元帅，辱骂将军失马骑。

吾被人言欠口信，辛苦无干夜自嗤。

毛女受到腰际斩，分尸不得带刀归。

一丸妙药无人点，千载终须一撇离。

此诗每句隐一字，运用减损法，得出谜底为一、二、三、四、五、六、七、八、九、十。

类似的还有下面两首：

　　　百篇斗酒多白话

　　　天下无人休惊怕

　　　秦风古意余不下

　　　任江山豪气去愁煞

　　　吾本狂狷口莫开

　　　飒立下随风徘徊

　　　皂白分明人不解

　　　真心意直教人难猜

　　　旭日东升自伤心

　　　华景此时化做梦里关情

谜底还是一、二、三、四、五、六、七、八、九、十。

理发行业也有一首数谜诗：

百万军中无白旗（一），

夫子无人问仲尼（二），

霸王失去擎天柱（三），

骂到将军冇马骑（四），

吾今不用多开口（五），

滚滚江河脱水衣（六），

皂子常时挂了白（七），

分瓜不用把刀持（八），

丸中失去灵丹药（九），

千里送君终一离（十）。

人们理完发，内行的一听这首打油诗，就明白交多少钱了。

以上均为谜面是诗，而谜底为数字，且都是用析字法减损字的笔画得出谜底，还有一种更奇妙的则是诗意中暗含数字：

如清孙原湘《艳体二章》，其一：

吹箫桥畔月如环，亚字栏干对照间。

写过乌丝三页满，弹来雁瑟一弦闲。

清波双现金钗影，和气全飞玉管斑。

漫说荷花共生日，十年不减丽娟颜。

此诗句句暗藏二十四。1．杜牧《寄扬州韩绰判官》诗："二十四桥明月夜，玉人何处教吹箫？"江苏扬州有"二十四桥"，传说即吴家砖桥。2．亚字栏干：用横竖木嵌成亚字（整体字）形图案的栏干．繁体"亚"字为十二划，两个"亚"字相对，为二十四划。3．乌丝：古时精美的绢纸上，有织成或画成的黑线，当作行格的叫乌丝栏，故信笺也称乌丝。每页八行，三页共二十四行。4．瑟：瑟有二十五弦，其中一弦闲着不弹，只拨弄了二十四弦。5．金钗：俗有"金钗十二行"之说，照影水中即有二十四只金钗。6．玉管：杜甫《小至》诗："吹葭六琯动飞灰。"琯，历家用以"候气"之物，以玉做成。《后汉书？律历志》云，候气之法，为律管，以葭莩灰实管内，"气"至则灰飞管通。律是校正乐器之器，以管之长短，分测音之高低，有阳律六，阴律六，共十二支，每支两端开口，共二十四口。又《周礼？春官》：一年有二十四节气。7．荷花共生日：俗传荷花生日是农历六月二十四日。《内观历疏》："六月二十四日为观莲节。"8．丽娟：《洞冥记》："丽娟，汉之宫女，武帝所幸，年十四。"十四再加十年，就是二十四。

其二：

十二栏干花四环，美人二八倚中间。

蛾眉那厌重新画，象戏刚抛一半闲。

两唐界笺书锦字？更番排卦炙香班。

嬉游二九还初二，生过乖儿尚玉颜。

此诗句句暗藏十六。1．"十二"句：十二加四，等于十六。2．二八：十六岁。3．娥眉：女子八字眉重新画，二八也是十六。4．象戏：中国象棋，共三十二颗棋子，一半即十六。5．界笺：即前注之乌丝栏信笺纸，一页为八行，两度则为十六行。6．

卦：八卦排列两次，也是十六。7．二九：十八天，减掉二天，还有十六天。8．乖儿："乖"字和繁体"儿"字都是八划，加起来是十六划。

再如清蒋春霖《沁园春·赋二字》：

有女同居，燕燕莺莺，才兼艳兼。爱杏花开候，春风似剪；

床棋对处，妙弈疑仙。看去双文，配个人儿想见怜。

休抛撇，怕形单影只，各自萧然。

鹣鹣。兰夜灯前，算过了，初更漏正添。忆洲分白鹭，水流无迹；

台荒铜雀，春锁何年？茧样同宫，鱼般比目，嘉耦宁从怨耦怨。

厮相并，莫较长论短，两小生嫌。

这首数名词，它只赋"二"字。但整首词字面上不着一个"二"字，而是将"二"字隐藏在词句的意思中。每句词无论是比喻、描写，还是用前人的诗句，都与"二"有关：如"杏花开候"、"春风似剪"都指农历二月，"算过了初更"说的是二更；"燕燕莺莺"、"鹣鹣兰夜"、"茧样同宫"、"鱼般比目"写成双成对；"洲分白鹭"、"台荒铜雀"则在所化用的原诗句中都含有"二"字。这种写法生动有趣，含而不露，耐人玩味。

再如蒋春霖的另外一首《沁园春·赋三字》：

恨望神山，天风泠然，吟湘路遥。只题缄岁久，墨痕未灭；渝裙春暮，别恨重撩。石上因缘，命中奇偶，六幅罗裙色半销。尊前恨，恨阳关叠后，酒盏长抛。无聊偶弄檀槽，拨不到、鹍弦第四条。算扬州月色，那容分占；灵和柳影，怎地生娇。擘岂双双，添仍一一，画手休夸颊上毫。相思苦，便频年蓄艾，心病谁疗？

这首词赋"三"字，全篇不见一个"三"字，但句中却无处不隐含"三"字，如三神山、泠从三点、三湘、如隔三秋、暮春三月、三生石、奇偶相加为三、六幅去半则三；再如：阳关三叠、檀槽三弦、三分明月、柳影三眠三起、颊上三毫、三年之艾、心字头上三点等等。引经据典，触处皆是。细细寻绎，别有趣味。全诗内容是写闺怨。

第三种是数字计算类谜语，似趣味数学。它犹如今的一道趣算数题，文字表达则采用古典诗可咏可歌的形式表现出来，形式活泼生动。

2. 明清小说中蕴含的谜语

曹雪芹那个时代，人们还没有用"主义"来概括自己的思想体系与行为准则，他也没有标榜自己在创作中以什么"主义"作指导。不过他虽然没用这个词来概括自己的创作方法，却是实实在在有"主义"的，并取得了辉煌的成功。

　　在中国古代小说史上，像曹雪芹这样一再声称要在创作中破除陈规旧套者，可说绝无仅有。第一回空空道人在大荒山无稽崖青埂峰下见那大石头上"编述历历"，对石头说抄去"恐世人不爱看"时，石头当即表示，这部《石头记》与"皆蹈一辙"的历来野史大不相同，他是有意"不借此套"，因而才显得"新奇别致"。石头还批评了"历来野史"、"风月笔墨"、"佳人才子"等书公式化的遗传性流行病。总之，曹雪芹开宗明义一再声明《石头记》与那些"通共熟套之旧稿"的根本区别，表明他在创作方法上革新的巨大决心。在小说中他又多次借人物之口，反复表示对那些俗套写法的厌恶与不取。五十四回的题目就叫"史太君破陈腐旧套"，让贾母出面批评那些说书的"都是一个套子"。四十八回香菱向黛玉学诗一节，曹雪芹又借二位少女谈诗的机会，再三突出"格调规矩是末事"，应以"新奇为上"的思想。可见曹雪芹在创作之前和整个创作过程中，始终有着鲜明的破陈套创新奇的主导思想。对于各种有用的"规矩"也不是顶礼膜拜，而是让它服从自己的立意构思，必使其"新奇"而成为"奇传"——不是一般的"传奇"——才罢休。这一破陈套创新奇的目标自然包括内容与形式两个方面。正是这样一种明确而坚决的革新态度，曹雪芹才会在创作方法上开创前所未有的新局面，大胆试验并创造全新的创作方法，这里最突出的便是成功地运用了象征主义。

　　当然，我们现在所说的象征主义，是十九世纪后期，即曹雪芹创作《红楼梦》一百多年之后，才在法国兴起并流行于世的一种文学思潮与流派，二者之间没有任何理论上实践上的联系。不过正如吃饭无非是用手抓、筷子、刀叉、勺匙等几种办法一样，文学创作也大体总是这么几种路子。每一种路子还会略有变异而出现一些"亚种"，但大的方向、原则、格局就是这些。因此使用相同、相似创作方法者，尽管名目不一，甚至没有理论形诸文字，只要实质相同，就不妨将某种理论作为一个重要的参照系来加以鉴别。

象征作为一种系统的美学理论，主要形成于黑格尔（1770－1831）的著名《美学》中。他将艺术分为三大类：象征型、古典型和浪漫型，然后分论三种类型在建筑、雕塑、绘画、音乐和诗中的表现。书中着重分析浪漫型艺术，尤其是"诗"，包括史诗、抒情诗和戏剧诗。在论述象征型艺术时，他指出："象征里应该分出两个因素，第一是意义，其次是这意义的表现。意义就是一种观念或对象，不管它的内容是什么，表现是一种感情存在或一种形象"。简言之，一是抽象的意义，二是这一意义的形象表现，二者是不可分的"混而为一"。这是象征和比喻的主要区别，因为后者分为本体与喻体两个部分。黑格尔特别指出，象征具有本义和暗寓义，"只有它们的暗寓意才是重要的"。他还指出艺术想象在象征中扮演的重要角色："象征的基础是普遍的精神意义和适应或不适应的感性形象的直接结合……这种结合又必须是由想象和艺术来造成的"。

半个多世纪之后，1886年法国诗人让·莫雷阿斯首先将"象征"作为一种系统的文学理论"象征主义"提出来，从而先在法国后在欧洲与世界形成一种文学思潮与流派。在他之后虽然经过不少文论家与作家（主要是诗人）在理论上进一步发挥与完善，但其基本精神并未脱离黑格尔概括的理论框架。他们重视抽象思维在艺术创作中的作用，主张抽象与形象合而为一体，追求通过有限的象征描写表现无限的意义，注重艺术形式与暗示的作用，使读者通过富有感染力的物象、意象的暗示把握深层的意蕴，得到独特的审美体验。象征主义在欧美诗坛曾风靡一时，名家佳作迭出，影响深远，至今余韵不绝。但在小说创作方面却没有什么显著的成绩，缺乏名世之作与代表人物。

根据象征和象征主义的上述特点，我们不难发现，曹雪芹在《红楼梦》中的许多创作手法完全符合这些理论，可说是殊途同归。所不同的是，曹雪芹的辉煌实践要早于让·莫雷阿斯一百三四十年，比黑格尔的理论也要早半个多世纪。准确地说，是黑格尔和让·莫雷阿斯的理论符合曹雪芹的伟大作品。但曹雪芹并不仅仅是进行了成功的象征主义创作实践，他不是毫无创作理论，而是有明确的象征主义方面的创作主张，只不过他没有使用"象征主义"这个概念罢了。第一回回前总批引作者自云："因曾历过一番梦幻之后，故将真事隐去，而借通灵之说，撰此《石头记》一书也。故曰'甄士隐'云云"。又自云此书乃"用假语村言，敷演出一段故事来。"而这故事则要寄托作者本人所见所闻亲身经历的许多感慨与体悟，诸如"何我堂堂须眉，诚不若彼裙钗"的颂红思考等。十分明显，作者明确宣告要借一个通灵石下凡历世的故事来暗示某种观念，达到"使闺阁昭传"的创作目标。而其创作的基本原则是用"假语村言"。这是一个语言形式上的并列结构，内容实质上的偏正结构。"村言"可以理解为白话，而不是许多小说常用的文言。这个词组的重点是"假语"，不仅"贾雨村"之名体现了这一点，而且"甄士隐"之名也不仅仅是指将真事隐去，还意味着在这些隐去的真事之中之后包含着作者意欲表达的一些抽象的思想、观念与情绪。这个回前总批中最值得注意的便是"借"和"假"二字。这二字体现的思想在正文中继续不断，贯穿全书。第一回正文伊始空空道人对石头说无朝代可考时，石头便建议"今我师竟假借汉唐等年纪添缀"。显然，作者认为重要的是内容与思想感情，有些枝节、外壳可以"借"用。而作者则在"借"用时取慎重与革新的态度，故"不借此套"。体现曹雪芹象征主义创作方法最突出的宣言便是第一回与第五回两次出现的太虚幻境大石牌坊两边的那副对联："假作真时真亦假，无为有处有还无。"从情节体系观照，它并没有什么重要作用，没有它并不会损害故事内容，不影响情节的发展，它本身也不是新情节的生长点。显然它的作用在于表现"意义"方面。对联设在大石牌坊上决非偶然，它暗示读者：只有从真假有无这一表象与实质的关系入门，才能把握住小说的主旨与深层意蕴。这是读解《红楼梦》的入门关键。

作者在第一回的自题绝句中宣称《石头记》是"满纸荒唐言"。这里的"荒唐"不仅指浪漫主义创作方法，也包含了象征主义。因为从传统观念出发来考察，这些真真假假充满想象与暗示的创作方法确实十分荒唐。而这恰恰是曹雪芹为扩大作品的艺术容量，加强思想深度和提高艺术浓度的关键一着。因此他多处提醒读者要注意他那荒唐故事外表下的真正寓意。第八回以"后人有诗"又一次点明："女娲炼石已荒唐，又向荒唐演大荒。"简直就是明白宣告，作者自己都不相信女娲炼石补天的故事，因而自然也就不会有灵石下凡历世的"一部鬼话"。之所以挪来作为小说"根由"（一回），纯粹是为了"借"这个通灵之说以达到某种创作目的，表现自己的某些感悟、观念与情绪。显然，从炼石补天到灵石下凡复归大荒山下的内容以及故事的演述形式，都包含着荒唐色彩，是在某种荒唐形象的表现中暗示着某种"意义"。小说的第一批读者脂批者最早注意到《石头记》不是一部普通小说，而是"千古未闻之奇文"。故在第一回回前总批中特别指出："此回中凡用'梦'用'幻'等字，是提醒阅者眼目，亦是此书立意本旨。"告诫读者要注意其暗寓意。第八回宝玉到梨香院，宝钗看他那块玉时，甲戌本批语道："以幻弄成真……狡猾之至"。也是提示读者注意小说的真假关系。脂批者一开始就注意到包含丰富的寓意是《石头记》的一大特点，因而不时提示读者"此则大有深意存焉"，"寓意不小"，"亦寓怀而设"，"此是一部书中大调侃寓意处"（二回）。而且早就揭示出作者在人名、物名中暗示着他对人物命运的态度，如元、迎、探、惜为"原应叹息"（二回），千红一窟茶的窟"隐哭字"，万艳同杯酒的杯"隐悲字"（五回）。但他们对曹雪芹的创作动机和主题提炼毕竟理解得有限，因此不仅没有进一步深入探究小说多层次的"暗寓意"，而且主张读者也如小说五回中所写那样"不察其原委，问其来历，就暂以此释闷而已"。批道："妙。设言世人亦应如此法看此红楼梦一书，更不必追究其隐寓。"虽然脂批者在以后的不少回中仍然注意到小说内容、形式中的某些隐寓意，但由于认为"不必追究其隐寓"，因而缺乏深入发掘。每每浅尝辄止，满足于浅层隐寓的发现。而且他们过于偏重从作者、批者自己的家世变故与个人遭际的角度来理解这部作品，有不少地方索隐过多，到了对号入座的地步。虽然有助于了解创作小说的动机和素材，但过于追求事事坐实便容易忽略其假真有无之中之后的深刻寓意。而这些充满趣味、敏感乃至带有巨大风险的"暗寓意"，恰恰是只可意会不可言传的——无论从政治上还是艺术上来说都是如此。

伟大的艺术家必定都具有伟大的思想（尽管不一定用系统的理论或思辨色彩浓烈的语言来表示），他们往往由于自己的许多超前意识、深刻思想，不被时人理解而深感孤独。曹雪芹在《石头记》中由于广泛运用了象征主义，因而它实际蕴含的思想远远超过其他小说，以致连他的至亲密友都不能理解。这才使他终于自题绝句，为自己画了一幅孤独者的肖象。这首诗不仅表达了他的无限感慨，表明他的非传统、反世俗的创作方法，而且在"谁解其中味"一句中，与其说流露了对脂批者未能深谙小说深意的失望，不如说在有意引导读者透过"痴"的表层情节，"荒唐"的形式框架、语言观念，深入体味作者的"辛酸"与个中深"味"。"谁解"二字尤其表现出作者对于知音者的殷切期盼，既然如此难解，那么必定寓有深意，因此也可以说是表明运用象征主义方法的一个重要提示。

在当时的一些文学作品中也有反映，五色石主人《八洞天》、曹雪芹《红楼梦》、李汝珍《镜花缘》、陈森《品花宝鉴》、尹湛纳希《一层楼》、吴沃尧《二十年目睹之怪现状》、魏子安《花月痕》，以及韩邦庆《蕊珠宫仙史小引》等书，都有不少关于制谜猜谜谈谜活动的描写。以理论为主的谜话和以作品为主的谜集，这一时期也有大量出版，刊行于世，如周亮工《字触》、毛际可《灯谜》、费星田《拟猜隐谜》、俞樾《隐书》、张文虎《廋词偶存》、高超汉《心园谜屑》、杨小湄《围炉新话》、顾震福《谜隐初编》、唐景崧《十八家灯谜》、张玉笙《百二十家谜钞》、拙园老人《揉园灯谜草》、张起南《橐园春灯录》、薛凤昌《邃汉斋谜话》等近百册，这些谜籍是清朝谜语大发展的见证和总结，是我国古代谜语遗产异彩纷呈的一部分。

谜社经历了元明两代，到了清末民初，已是遍布各地，蓬勃发展，当时最为著名的有竹西后社，北平射虎社和上海萍社三个灯谜组织。竹西后社是清光绪年间成立的，寄寓扬州的福建籍谜家高乃超，利用在校场开设的酒家，为竹西后社的组建立下了汗马功劳。该社人多势众，高手云集，拥有马趾仁、王绍俞、孔剑秋、周亮工、张剑南、陈天一、李伯雨等数十位专门从事灯谜研究和创作的行家，实力强大。他们每每以茶馆酒肆或自家私宅作为灯谜活动的场所，或聚首商榷切磋，探讨谜艺；或张灯悬谜招引猜射，娱乐民众。北平射虎社是由樊樊山、韩少衡、高步瀛、刘春林、薛少卿、易实甫等谜界上流人物发起的，于光绪三十二年在北平徽州会馆成立，韩少衡为社长。该社清末到民初的灯谜组织多如繁星，全国较有影响的谜社还有扬州的竹西春社、北平隐秀社、学余社和丁卯社、上海的玉泉轩谜社、大中谜社和松江隐社、苏州的西亭谜社、厦门的萃新谜社、晋江的谈虎楼、龙海的文虎社和龙门社、兰州的水晶谜社、枫溪的浣花谜社、潮州的莲社和谜学俱乐部等等。众多的灯谜组织，在普及灯谜知识，促进灯谜创作和培养灯谜人才方面起了积极的作用，使灯谜由文人阶层扩展到有一定文化的平民阶层，大大加快了灯谜的发展和繁荣。

3. 谜语发展简史

谜语在我国已经有三千多年的历史了。早在生产力还十分低下的西周以前，就出现了谜语的语言现象，即富有隐喻和暗示性质的歌谣，如流行于商代的一首牧歌"女承筐，无实。士（封）羊，无血。"它运用了民间谜语的诡词法，牧场上的一对男女青年，女的拿筐，男的一刀一刀剪着羊毛。无实和无血恰到好处，整首牧歌给人的印象是深刻的，既饱含情景交融，热情隽永和诗意，又不失矛盾诡辩，妙趣横生的谜味。

随着会的进步和科学文化的发展，到了春秋战国时期，语言日益丰富，具有隐示性的歌谣得到了很大的发展，出现了我国谜语的最早形式——廋辞和隐，这是谜语的最初萌芽。"廋辞"两字最早见于左丘明《国语·晋语》"有秦客廋辞于朝，大夫莫之能对也"，这里讲的是发生于公元前542年的事，虽然没有记录下秦客廋辞的具体内容，但由此可见，春秋时期，廋辞已作为外交斗争的一种形式而登上大雅之堂，在统治集团高级官员中运用了。

较晚出现，如同廋辞一样，也是以形象生动的评议来隐示事物，因而十分流行，上到诸侯将相，下至平民百姓，几乎人人都喜欢隐语。有些统治者喜隐而不好逆耳之言，臣民若要讽谏朝政，就必须投其所好，利用隐语转弯抹角地劝谏。在国家之间的政治斗争中，为了达到不可告人的目的，也往往用隐语掩人耳目，暗中通情。韩非子《韩非子·喻老》和左丘明《左传·宣公十二年》，分别记载了楚庄王和申无畏以及还无社和申叔展用谜语作答的故事。

　　同历史的其他阶段一样，先秦的文学也有其光辉灿烂的一页，战国时期出现了百家争鸣，产生了许许多多的文学作品，而这其中的一些赋和诗，则是极其精妙的隐语。如荀子的《蚕赋》便是这样，它完全采用隐语的手法，把蚕的形状体态、性能功用和生活习性等几种特征淋漓尽致地描绘出来，通篇到底才道出个"蚕"字。荀子《蚕赋》对后世的咏物诗和民间谜语影响很大，历代不少谜家认为它是我国物谜的开端，谓"荀卿《蚕赋》已兆其体"。隐语从先秦过渡到西汉，就开始逐步趋向于谜语，当时流行的射覆，已成为民间和宫廷的娱乐品了。射覆，就是事先把文字或瓯盒或盒匣覆藏起来，然后通过占卜来猜所覆物件，它是隐语发展到一定阶段的游戏。文学家东方朔是当时隐语射覆的代表人物，班固《汉书》和张英《渊鉴类函》等书都有他射覆活动的记载。李昉《太平广记》载有这样一个故事："汉武帝尝以隐语召东方朔。时上林献枣。帝以杖击未央前殿槛，曰：'叱叱，先生束束'。朔至曰：'上林献枣四十九枚乎？'朔见上以杖击槛两木，两木林也，束束枣也，叱叱四十九也。"可以看出，这一隐语采用了现代谜语的拆字法，又辅以动作和象声，略有几分文义谜的特色。东汉时期，隐语有了进一步的发展，根据汉字的结构特点，利用方块字在离合增损中形、音、义的变化，产生了第一条文义字谜。据刘义庆《世说新语·捷悟》记载："魏武尝过曹娥碑下，杨修从碑背上见题作'黄娟，幼妇。外孙，齑臼'，八字。魏武谓修曰：'解否？'答曰：'解。'魏武曰：'卿未可言，待我思之。'行三十里，魏武乃曰：'吾已得。'令杨修别记所知。修曰：'黄绢，色丝也，于字为绝；幼妇，少女也，于字为妙；外孙，女子也，于字为好；齑臼，受辛也，于字为辞（受辛）。所谓'绝妙好辞'也。'魏武亦记之，与修同，乃叹曰：'我才不及卿，乃觉三十里。'"这段曹操与杨修猜碑的故事是虚构的，史实上，曹操和杨修并没有到过曹娥碑的所在地——浙江会稽，虽然如此，但根据《世说新语》的问世时间，至少可以肯定，南北朝之前就有了这条文义谜。东汉末年，图谶异常盛行，而作为预卜将来、荒诞玄虚的谶语则是利用汉字的结构特点进行分拆组合的，在这种情况下，离合体文字诗谜萌生了，东汉献帝时期的孔融首创了"鲁国孔融文举"六字。到了魏晋时期，离合体文字诗谜已十分盛行，作为一种文体活跃于文坛，风靡一时。随着离合体的发展，南北朝时期，增损体应运而生，并且能够结合最早出现的会意体，在实际生活中运用了。据李百药《北齐书·徐之才传》记载：北齐徐之才，聪辩强识，有兼人之敏。公私言聚，多相嘲戏。有一次，他戏王昕的姓为"有言则（讦），近犬就狂，加颈足而为马，施角尾而为羊。"仅仅四句，就使"王"字跃然而出，极尽嘲戏之能事。

南朝时期，出现了中国谜史上的第一个"谜"字，当时的诗人鲍照在他的《鲍参军集》里，收入了自作的《井龟土三字谜》。"井"字谜是这样的："一形一体，四支八头；一八五八，飞泉仰流。"前三句用离合，后一句会意更进一层喻示"井"。谜书的出现标志谜语的日趋成熟。战国时期，我国就已有专门记录隐语的书刊，刘向《新序》云"齐宣王发隐书而读之"，班固《汉书.艺文志》亦云"隐书十八篇"。南朝齐末，文学理论评论家刘勰著成了《文心雕龙》一书，这是我国第一部系统阐述文学理论的专著，其中《谐隐》是首次研究谜语的文章，它对南朝以前的有关谜语作了精辟的论述。如对谜语的产生、定义和特点，他作了这样的论述："自魏以来，颇好俳优，而君子嘲隐，化为谜语。谜也者，回复其辞，使昏迷也。或体目文字，或图象品物。纤巧以弄思，试察以衔辞，义欲婉而正，辞欲隐而显"。

汉魏南北朝以来，隐语化而为谜，当时的文人雅士从民间汲取营养，创作和发展了会意离合和增损等谜体，这不仅丰富了同一历史时期谜语的内容，也为以后谜语的发展奠定了基础。

隋朝时期，中国恢复了统一，南北的经济、文化逐渐融洽，谜语活动比前朝更加活跃，广泛用于社交和生活之中。到了唐朝，谜语开始兴盛。据唐·郑处海《明皇杂录》记载：天宝三年，秘书监贺知章告老还乡，临行前唐明皇问他有何要求，贺说："臣有男未定名，幸陛下赐之，归乡之荣。"明皇听后笑道："为道之要莫若信，孚者，信也，履信思乎顺。卿之子，必信顺人也，宜名之孚。"贺知章高兴地谢恩而去。过了一段时间才省悟"上何谑我也。我是吴人，孚乃爪下为子，岂不呼我儿爪子也。"戏弄于离合和会意之中，实在精巧绝妙。又据唐·段成式《庐陵官下记》记载：曹著机辩，有客试之。因作谜云："一物坐也坐，卧也坐，立也坐，行也坐。"著应声曰："在官地，在私地。"亦作谜曰："一物坐也卧，行也卧，走也卧，卧也卧。"客不能对，著曰："吾谜吞得你谜。"客大惭。客人出的是"蛙"，而曹著作的是"蛇"，故有吾谜吞得你谜之说。

谜语在宋代进入了大发展时期。京都是政治、经济和文化集中发达的地方，随着国家经济实力的强大，人们物质生活水平的提高，便产生了与之相适应的文化活动，北宋的汴梁出现了专为伎艺演出服务的场所——瓦舍。谜语属于百戏之一，通过商业和伎艺场所的传播得到空前普及，制谜和猜谜之风非常盛行，涌现了一大批谜语艺人，如马定斋、霍百丑、张山人、胡六郎和魏大林等。

早在隋唐时期，正月十五张灯已成为民间习俗，到了北宋，元宵佳节更显得热烈隆重，据宋·孟元老《东京梦华录》："正月十五日元宵，大门前，自岁前冬至后，开封府绞缚山棚，立木正对宣德楼。游人已集，御街两廊下，奇术异能，歌舞百戏，鳞鳞相对，乐声嘈杂十余里。"北宋为金所逼，迁都临安后偏安一隅。统治者为了粉饰太平，每年都要国人在元宵节张灯结彩，大事欢庆，所谓"南宋时观灯独盛"，趁这个机会，一些文人学士便"以绢灯剪写诗词，时寓讥笑，及画人物，藏头隐语，及旧京浑话，戏弄行人。"至此，灯和谜发生联系，结下了不解之缘，诞生了"灯谜"。这时的灯谜，是指写在灯上的谜语，而不是专指现在的文义谜，两者有本质的区别。

随着灯谜的出现，兴起了灯谜组织，当时的京城临安成立了谜社，据宋灌园耐得翁《都城纪胜》："隐语，则有南北垢斋、西斋，皆依江右谜法。谜语、习诗之流，萃而成斋。"谜社的成员都属飞诗之流的文人，他们或以谜相酬和，或以谜相嘲戏，或品谜玩隐，或著书立说，继往开来地共同推动了谜语的发展。

谜语形式的多样化是宋代谜语大发展的一个重要标志，字谜、物谜、画谜、印章谜和人名谜主宰了当时的谜坛，并且形成了一定的猜谜体制，如道谜、正猜、下套、贴套、走智、横下、问因和调爽等。宋代流传下来的谜语不少，到目前为止，从各种古籍中搜集来的就有七十多条，这些谜语大多是以诗词为面的。北宋王安石，不仅是位政治家和文学家，还是一位颇有影响的谜语专家，在谜语制作方面，他技艺娴熟，高人一筹，宋代的一些野史记录有他的部分谜事活动和谜语作品，如以"目字加两点，不作贝字猜。贝字欠两点，不作目字猜。"分别射"贺"和"资"二字。又如以"常随措大官人，满腹文章儒雅，有时一面红妆，爱向风前月下。"猜物谜"印章"。

在隋唐谜语的基础上，宋代的画谜和实物谜有较快的发展，这里引用苏东坡和佛印和尚的两则谜语故事，可以窥见一斑。据《东坡集》载："东坡即拾一片纸，画一和尚，右手把一柄扇，左手把长柄笊篱，与佛印云：'可商此谜，'佛印沉吟良久：'莫不是《关雎》序中之语欤？'东坡曰：'何谓也？'佛印答曰：'风以动之，教以化之。非此意乎？'东坡曰：'吾师本事也。'相与大笑而已"。又据《丹铅杂录》记载："佛印持二百五十钱，示东坡云：'与你商此一个谜。'东坡思之，少顷，谓佛印曰：'一钱有四字，二百五十钱，乃一千个字，莫非《千字文》谜乎？'佛印笑而不答。"

宋代文人多好治印篆刻，讲究印学，出现了印谱，从而了解

最原始的印章谜。据宋·周密《云烟过眼录》记载，宋著名词人
姜夔以自己的姓名作谜而刻于印上，印文是这样的"鹰扬周室，
凤仪虞廷。"首句引用《诗经》"维师尚父，时维鹰扬"，隐姜尚
的姜，尾句引用《尚书》"夔曲乐，凤凰来仪"，隐"夔"。姜夔
的印章谜是一种创举，它为后来印章谜的发展起了抛砖引玉的
作用。

　　以人名为谜底素材的人名谜在宋代已是见其形，日见其多，
在谜坛上占有一席之地。宋·彭乘《墨客挥犀》录有这样一条人
名谜："佳人佯醉索人扶，露出胸前白玉肤，走入帐中寻不见，
任他风水满江湖。"词语含蓄艳丽，情意缠绵，每句隐含一位唐
代诗人，他们分别是：贾岛（假倒）、李白（里白）、罗隐和潘阆
（拼浪）。

　　一切真正的艺术都具有强大的生命力，谜语在宋以后并没有
中止和消亡，而是在不同的历史环境和历史条件下继续发展，在
各种各样的谜事活动中，文人学士一直是起着主导作用的。宋、
金、元三代都有谜集刊行，宋元年间有苏东坡、黄山谷、秦少游
和王安石等人刊集成四册的《文戏集》，金章宗年间有四川人杨
圃祥主编的《百斛珠》，元至正年间有浙江人朱士凯编集的《包
罗天地谜韵》。由于受时代风云和区域文化的影响，元朝时期的
谜语暂处于低潮，数量不多，虽然这样，但当时仍不乏上乘之
作，如大诗人萨都拉创作了一则物谜，见于他的《雁门集》："开
如轮，敛如槊，剪纸调胶护新竹，日中荷盖影亭亭，雨中芭蕉声
肃肃，晴天则阴阴则晴，晴阴之说诚分明，安得大柄居吾手，去
履东西南北之行人。"谜底是"伞"，以谜言志，制谜技巧非同

一般。

正月十五观灯作为民俗始于隋唐，而谜语作为元宵佳节的游艺则始于宋朝，以后历代相延成风，到了明朝已遍及各地，成为元夕不可缺少的点缀品。元宵期间，猜谜语的气氛异常热闹，盛况也是空前的。据刘侗《帝京景物略》："正月八至十八日，集东华门外，曰灯市。有以诗隐物幌于寺壁者，曰商灯。立想而漫射之，无灵蠢。"又据阮大铖《春灯谜传奇》："打灯谜闹场，拆灯谜搅肠。纸条儿标写停停当。金钱小挂，道着时送将，那不着的受罚还如样。市语儿几行，人名儿紧藏，教你非想非非想。"这展现了当时猜谜活动的情景。

明朝的谜语形式丰富多采，在继承了宋以来的文字谜、人名谜和事物谜等几种形式的基础上，谜语的体例制式有了进一步的创新，如文学家黄周星首创了酒令体谜语。这种酒令体谜语，谜面如诗似词，在酒席中轮流出谜猜射，以代酒令，猜中为胜，猜不中为输，输者罚之以酒。酒令体谜语的创立，使得谜语不受元宵、中秋等节日的时间制约，在日常生活中可以进行活动。黄周星有条人名谜："忽然冷，忽然热，冷时头上暖烘烘，热时耳边声戚戚。"打"三国"人名一，谜底：貂蝉。古人常以貂皮制帽，故以冷时头上暖烘烘隐射"貂"。每逢热天，蝉就在树上高声鸣叫，故以热时耳边声戚戚隐射"蝉"，开头两句与后面两句相互呼应。

明朝的谜作大多出自文人之手，当时已采用了四书上的文句作谜，制作技巧有很大的进步，谜语的质量不断提高，有些谜作，堪称一代佳品，至今仍脍炙人口，玩味无穷。如徐渭的几条字谜，以"何可废也，以羊易之。"猜"佯"，以"两下里作人难"猜"入"，以"问管仲"猜"他"，以"月字去了一直"猜"脚"等，都是不可多得的杰作。被誉为嘉靖八才子之一的李开先，既是戏曲大家，又是谜语行家，他的一些谜作揉合着禅理，如镜子谜："知人知面不知心"，又如虱子谜："尔俸尔禄，民脂民膏，被人发觉，无大小首从皆死。"构思新巧，寓意也很深远。

谜语发展到明末，出现了灯谜谜格。由于谜语的普及，尤其是文义谜的盛行，不仅元宵、七夕和中秋有张灯街巷的猜谜风俗，而且在其他节日和空闲时间也有猜谜凑趣，谜事活动一频繁，谜语素材就显得紧缺，又鉴于一些文人故弄玄虚，喜欢钻牛角尖，在这些情况下，谜坛上兴起了创格新潮，据《韵鹤轩笔谈》所载，明末马苍山在整理和研究的基础上，首创了"广陵十八格"，即卷帘格、徐妃格、会意格、谐声格、典雅格、传神格、碑阴格、寿星格、粉底格、虾须格、燕尾格、比干格、双钩格、钓鱼格、含沙格、锦屏格、碎锦格和回文格。谜格的创立，标志着灯谜的成熟，它已经跟民间谜语分开，自成体系了。

清朝是我国封建社会的最后一个王朝，如同当时的小说戏剧一样，谜事活动也非常活跃，谜风远远胜于明朝。清朝初期，谜语因袭的多，创新的少，如褚学稼的"尹"字谜："伊无人，羊口是其群，斩头笋，灭口君，缩尾便成丑，直脚半开门，一根长轿杠，打个死尸灵。"句句成扣，可见东汉以来离合体、增损体的遗风。清自中叶以后，灯谜向前迈了一大步，虽然谜面和谜底的素材仍以四书五经居多，但在制作技艺上已益加新奇精巧，力求别解传神。如以"人在人情在"猜《诗经》句"逝不相好"，以"绝代有佳人"猜《左传》句"美而无子",又以"霍去病卒"猜《礼记》句"疾止复故"。

晚清以来,谜语,特别是以文义为特征的灯谜达到了空前的普及,谜格不断增加,谜学上有很大的突破,谜语行家们勇于改革,开创了一些新颖别致的谜艺,如梁章钜设红虎,张起南设外文谜。据《归田杂记》记载,梁章钜曾以朱笔写一字"词",猜古文二句,谜底:未同而言,观其色赧赧然。谜底首句紧扣谜面,而后一句呼应书写谜面所用的色彩。灯谜大师张起南有一外文谜见于他的力作《橐园春灯话》,以"GOOD MORNING"为谜面,猜"谭"字,意为"西方言早"。晚清的谜语以灯谜见多见长,当时灯谜的取材范围十分广泛,有文字、俗语、成语、诗词、人名、国名、地名、花卉和中药等。

清代谜风之盛,在当时的一些文学作品中也有反映,五色石主人《八洞天》、曹雪芹《红楼梦》、李汝珍《镜花缘》、陈森《品花宝鉴》、尹湛纳希《一层楼》、吴沃尧《二十年目睹之怪现状》、魏子安《花月痕》,以及韩邦庆《蕊珠宫仙史小引》等书,都有不少关于制谜猜谜谈谜活动的描写。以理论为主的谜话和以作品为主的谜集,这一时期也有大量出版,刊行于世,如周亮工《字触》、毛际可《灯谜》、费星田《拟猜隐谜》、俞樾《隐书》、张文虎《廋词偶存》、高超汉《心园谜屑》、杨小湄《围炉新话》、顾震福《谜隐初编》、唐景崧《十八家灯谜》、张玉笙《百二十家谜钞》、拙园老人《揉园灯谜草》、张起南《橐园春灯录》、薛凤昌《邃汉斋谜话》等近百册,这些谜籍是清朝谜语大发展的见证和总结,是我国古代谜语遗产异彩纷呈的一部分。

自南宋临安出现了南北垢斋和西斋后，民国初期，灯谜形成了两种不同风格的派别——南宗和北派。当时，谜学家张郁庭提倡以平仄协律的五言或七言近体诗句为谜面的灯谜，主张谜带诗意，独树一帜。一时间，北平地区呼应附和的谜人甚多，因而形成北派。为了便于区别，人们把运用传统的灯谜技艺的表现手法称为南宗。一般来说，南宗的主要特点是虚拢大意，注重典雅，而北派的主要特点则是字字紧扣，注重叶韵。如以"蜜月旅行"猜五言唐诗句"此去随所偶"，又如以"一弯旗影动龙蛇"猜聊目《尸变》，前者属南宗，后者属北派。灯谜技艺的表现手法虽有南宗北派之别，但在实际创作中，却是南中有北，北中有南的，彼此之间相辅相成，互为补充。

民国期间，谜社谜家所编撰的谜书相当丰富，如张郁庭《谜格释略》、蔡三省《商灯初步》、许德邻《文虎》、韩振轩《古今谜语集成》、孔剑秋《心向往斋谜语》、钱南扬《春灯余话》、徐枕亚《谈虎录》、韩少衡《莺嘤社谜集》、谢云声《灵箫阁谜话》、谢会心《韵谜三百则》、汪雨人《嬉春阁庾词》、邢楚樵《款月轩谜稿》、孙玉声《萍社谜粹》和顾震福《跬园谜刊》等一百六十余册，是十分珍贵的谜语文献。

新中国成立以后，人们对灯谜这一古老的传统文化发生了浓厚的兴趣，灯谜活动蓬勃发展，无论是内容还是形式都发生了很大的变化。它雅俗共赏，寓教于乐。在节日或联欢晚会上，猜谜已成为一种必不可少的文娱项目。近年来，灯谜爱好者的队伍日益壮大，全国众多城市和乡镇企事业单位的群众性灯谜活动频繁，灯谜组织纷纷组建，谜协林立。据不完全统计，截至1989年

5 月，全国规模较大的灯谜组织已近二百个。

4. 中外谜语对比

　　制谜和猜谜是中国传统文化的一项内容，是人民集体创造的一种独特的文学样式。是提高智力，有益于身心的文化活动。我国的谜语历史悠久，很多谜语不仅具有知识性，而且语言运用也很有趣，谜语不仅能让人感受到文字的乐趣，还能开发智力，培养人们的发散性思维和逻辑思维能力，许多谜语机智诙谐，也体现人们认知思维的魅力。谜语中用到的比喻、双关、谐音、夸张等修辞手法都是来自人类语言中出现的语言现象，它是许多语言现象的融合，体现了语言文化的精髓，而语言直接反映着人们的思维方式、认知方式，因此，可以说谜语在很大程度上反映着一个民族的传统思维和文化理念。研究中外谜语的历史、文化内涵及其区别，可以更好的了解中外文化异同，从文化根源上去探寻不同民族人们的认知方式和思维方式。西方的思维模式注重逻辑思维能力，强调分析的重要性，在西方的线性思维中，世界是由事实，而不是思想观念组成的，这种抽象思维的过程一般是分析、归纳、推理和演绎，谨慎严密，逻辑性强。而中国人则习惯于把两个对立的方面作为一个整体来看待，两者不可分割且相互制约、相互依存。这种传统式中国思维是典型的"中庸"思想，以辩证的观点看事物，强调整体的平衡。因此，中国人的思维模式从根本上与西方的存在差别：西方强调分析、事实、对立，中国注重感觉、联想、统一。这些思维方式的区别反映在人类社会的各个方面，尤其是在各民族语言上，而谜语作为各民族的一项传统文化更是各有特色，分析中英谜语的异同，可以帮助我们了解中西方文化，从而在语言教学方面做出调整，以更好的方式和方法进行对外汉语教学。在中外不同的文化、不同的思维上建起一道桥梁，将谜语引入对外汉语教学，寻找不同文化的共通点，让学生在学习语言的过程中体会两种文化的碰撞，体会不同文化在语言上的不同表现，帮助学生从自身的文化背景进入到中国文化中来，更好的了解中国文化、学习中国语言。谜语的引入不仅可以增强对外汉语教学的趣味性，让汉语学习者体会到汉语的妙处，而且还能启发教师在汉语教学中找准切入点，适当融入传统文化，使用更恰当的方法让外国学生学习汉语。谜语是世界各民族国家的传统文化之一，对于汉语学习者来说，谜语的引入可能会使课堂变得更加有趣，更加有利于记忆，在与母语中的谜语做对比之后，也会更加认识到中外文化的差异，从而在潜移默化中了解中国文化。那么在对外汉语的课堂中怎样引入谜语才合适呢？通过探讨分析中英谜语的异同及其反映的文化内涵来寻求合适的解决方案，让谜语完美地融入对外汉语教学中，帮助学生更容易地学习汉语、了解中国文化。

第三章 古代先贤与谜语

1. 吴殿邦猜谜上当

吴殿邦，字尔达，号海日，潮州枫溪人。明万历四十年（1612）乡试中解元，翌年中进士，官至通政参议、尚宝卿。吴殿邦博学多才，既酷爱灯谜，又擅长书法。乡邻有一巨商，为人悭吝。适逢新建大宅落成，托人请吴书一"福"字，以悬于大厅显耀门庭。吴恶之，再三辞谢。巨商仍不死心，聘金递增至一百两，吴还是不肯允诺。

巨商有一个姓刘表亲，颇有心计，对巨商说："你若相信我去办，只须二十金便可！"巨商于是恭请刘某代为办理。刘某便在乡里搭一谜台悬谜征猜，并送帖邀吴殿邦来猜。吴爱谜成癖，欣然应邀，猜了不久，即把台上谜条十揭六七，骤见其中有一副象棋，要求以底求面作一赋体谜诗。吴正推敲时，台主刘某趁机出来向吴作揖道："久仰先生大名，今晚有幸见教，真是佩服！如不嫌弃，愿请先生入室品茗谈谜。"吴点头随刘入内。吴见他彬彬有礼，欣然命笔，为"象棋"拟面配四句谜诗：妾身今年十六春，配夫二八无情君。银河相隔难相会，坐亦思君立思君。

吴殿邦又见屋中已设一筵席，上置用红纸包封的银子十两，又看墙上，挂着二张大京版红笺，一张已写一个"灾"字。刘指着室中布置各物，对吴说："哑谜儿愿请先生赐教。"吴即会其意，笑着坐于首席，刘欣然陪饮，曲意逢迎。酒过三巡，吴乘酒兴索笔墨，转身于席上取红纸包封的银子放进怀里，往壁间掀开写着"灾"字的那张纸，边扯碎边说道："受人钱财，代人消灾。"又拿起毛笔饱蘸浓墨，在另一张红纸上书写一"福"字，摸着肚皮道："食人酒肉赠人福。"哑谜至此全解，两人谈笑而别，巨商因此遂得"福"字。吴殿邦因嗜好猜谜，此次果然上了刘某的当。

2. 林大钦金殿赋藏头谜诗

潮州才子林大钦 16 岁中了解元，后来宗师又带林大钦上京考试。林大钦初试及第，须上殿面试。

嘉靖皇帝召见林大钦，见他少年才华出众，随即赋诗殿试，要林大钦将帝王年号"嘉靖"二字赋诗一首。林大钦略为思索，当殿吟诵：

士本朝堂大丈夫，口称我主视三呼。一横端坐乾坤定，二直交加社稷扶。

加冠加禄添福寿，立纲立纪敬皇都。主上能识真君子，月到中天照五湖。

这首诗其实是一首谜诗，运用藏头诗析字法，分别将第一句至第五句、第六句至第八句每句开头的第一个字素组合起来，便构成为"嘉靖"二字。因其内容与艺术相结合，堪称一绝，嘉靖皇帝闻之甚喜，当殿钦赐他状元及第，并封他为翰林院修撰。

3. 县令点遗书

从前有一老翁，临终前留下遗书，分别交给五岁幼儿和女婿。遗书中说：六十老儿生一子言非是我子也家产田园尽付与女婿外人不得争执。

数载后，其子成年，要与姐夫分家。二人争执不休，只好去衙门打官司。

女婿申辩道："岳丈大人遗书上写！六十老儿生一子，人言：'非是我子也！'家产田园尽付与女婿，外人不得争执。"

县令收下遗书，下令暂时退堂，明日再断。次日一升堂，县令即说："遗产应归儿子继承！"说罢，将两份由他标点了的遗书发还老翁儿子和女婿。

那女婿一看，哑口无言，只好从命。你猜，那县令在老遗书上怎样标点的？

4. 苏东坡作百鸟归巢图

苏东坡不仅是北宋的文学家，而且是位丹青妙手，有《百鸟归巢图》传世。

相传明代有位翰苑名贤，花重金在积古斋买到了苏学士的这幅真迹。为了"锦上添花"，那翰苑名贤欲为此画配一首好诗，于是猛然间想起昔友伦文叙。此人出身贫寒，曾卖过菜，但其才华闪烁，诗文能臻跌宕流美，荡气回肠之境。

伦文叙看过《百鸟归巢图》之后，略加思索，便挥笔直书起来。诗云：

> 天生一只又一只，
> 三四五六七八只。
> 凤凰何少鸟何多，
> 啄尽人间千万石。

翰苑名贤细细品味：此诗之中用谐音"巢"暗指"朝"，以"鸟"比喻奸佞。这些"鸟"啄尽人间千万石，弄得民不聊生。可谓寓意深刻。

翰苑名贤再一品味，才发现伦文叙的题诗不仅寓意深刻，且有数学情趣，不禁拍案叫绝，连赞"妙绝！妙绝！！"

你知道翰苑名贤为何拍案叫绝吗？

谜文：伦文叙的题诗，不但寓意深刻，而且扣住"百鸟"二字，"天生一只又一只"，是两只鸟；"三四五六七八只"就是 $3 \times 4 = 12$；$5 \times 6 = 30$；$7 \times 8 = 56$，四笔数加起来正好是一百只，难怪翰苑名贤拍案叫绝。

5. 秦桧的暗示

宋高宗绍兴二十三年，京城临安（即杭州）举行科举考试。

奸相秦桧的孙子秦埙也应试。在封建社会的门荫制度下，秦埙已经官居敷文阁待制了，但秦桧仍命其应试，以求峨冠博带，攀龙附凤，更加荣华富贵。

一日，秦桧召见考官陈阜卿，暗示这次应试得让他孙子中会试第一名，以便能参加殿试。

这对于主考官可是个很大的难题：一边是颇有名气的志士才子，如陆游等；一边是权倾当朝的奸相之孙。昧着天理良心取秦埙为头名进士，虽然可以博得秦桧的欢心而加官晋爵，但要遭到天下人的讥讽。正直的陈主考毅然按文章的优劣，把陆游取了第一名。

秦桧闻之，大为震怒，公然把陆游除名，并将爪牙汤思退召来，阴阳怪气地说："我孙秦埙，这次应考……"说罢，取来笔墨，写了"剪烛"二字。

精于文墨的汤思退，心领神会，遵嘱办理，结果，发榜后士论哗然。

你知道秦桧所写"剪烛"二字蕴含何意

谜底:"剪烛"二字,含"一夹一明"之意,谐"一甲一名",即状元。

6. 蒲松龄显才成先生

清朝康熙年间,山东淄川县蒲家庄有个儒生蒲松龄,自幼苦读诗文。他学识渊博,才华横溢,只因是汉族书生,被清朝统治者看不起,因而多次参加科举考试屡屡不中。

一天,大名士王涣祥见穷困潦倒的蒲松龄,挑着书箱正要外出谋生,欲试其才,于是口占一联:"芙蓉花开,红粉佳人争望月",令蒲松龄应对。

才思敏捷的蒲松龄苦苦一笑,拱手便对:"梧桐落叶,青皮光棍打秋风。"

王涣祥赞道:"对得好!对得好!"他略一沉吟,笑曰:"吾在京城听人赋了一个诗谜,久不能解,你是否愿意试猜试猜?"

不等蒲松龄回答,他便将谜面念了出来:

崔莺莺失去佳期,
老和尚笑掉口齿。
小红娘没有良心,
害张生一命归阴。

蒲松龄略事思忖，朝远处高山指了指，以此作答。

王涣祥大惊其才，于是留他在自己家中教家馆。从此，蒲松龄这个落第秀才便成了教书先生。你能猜出这四句诗的谜底吗？

谜底："巍"字。

7. 范仲淹解醋

范仲淹是北宋著名的政治家、文学家，天圣五年他任职西溪盐官。这位"先天下之忧而忧，后天下之乐而乐"的贤官，见当地洪水祸害百姓，灾民常叫苦连天，惨不忍睹，十分不安。

身为小小盐官的范仲淹，位卑而忧民，斗胆向泰州知府张纶呈书建议修筑河堤。张纶也是个爱民如子的父母官，立即同意了范仲淹的建议。

一天，张纶面对潮水奔涌的江面，不知何时动工为好。他听说对岸有位古稀渔翁，满肚水文气象，外号"浪里飞"。张纶于是派人前去请教那老者。

被派去的差官，带回了渔翁的一张纸条，上面只写了个斗大的"醋"字，张纶好生奇怪，召来府中幕僚解释其中含义，但无一能解。

正在此际，范仲淹来了，见知府愁眉摇头，上前问道："大人何事烦恼？"

张纶叹了一声，递上怪翁捎来的纸条："老弟你看，真急煞人也。"

范仲淹见是个"醋"字，细细琢磨推敲，恍然大悟，立即说出了下基足的日期，直至足成未遇涨潮。

你知道渔翁说的是何时下基足吗？

谜底："醋"暗示"廿一日酉"时下基足。

8. 纪晓岚戏改古诗

纪晓岚是清朝乾隆时期的大学士。一日，他在书房里，随手翻阅古诗，见一首五言绝句写道：

> 久旱逢甘雨，
> 他乡遇故知；
> 洞房花烛夜，
> 金榜题名时。

他一边品味一边细细吟哦，忽自嘻嘻而笑："此首五言古诗太瘦，待老夫医之，使其'肥'也！"说罢，取过文房四宝，挥笔在每句前加了两个字，成了一首令人读之捧腹的谐趣《七绝》。

你能猜出各加了哪两个字吗？

谜底：四句依次加"十年"、"万里"、"和尚"、"寒儒"。

9. 王安石儿子猜谜

北宋时期的政治家、文学家王安石，23 岁时喜得一子，取名王天。

王天天资巧慧，幼有俊才，加之常随父亲与文人、名流交往，学问大进，出口成诗，王安石心里十分高兴。

一天，王安石正与诗友饮酒作赋，忽报有位远亲送来幼獐、幼鹿各一只。大家走近铁笼一看，两只活蹦乱跳之物容貌体形竟一模一样，难于分辨。

一位诗人笑曰："相公，素闻令郎才情超卓，能否请出辨认一下。"

王安石还没答应，王天就早已闻声赶来后花园。王安石只好令儿"应试"。

王天凝视片刻，巧言以答。那诗人听了，叹曰："令郎有奇才！令郎有奇才！"

你能猜出王安石之子是怎么回答的吗？

谜底：回答"獐旁为鹿，鹿旁为獐"。

10. 宋徽宗以诗考画

宋徽宗赵佶，酷爱绘画，工花鸟。在位时广为搜集历代名人书画墨宝，并亲自掌管宣和画院，经常考察宫廷画师的画技。

有一天，赵佶踏春而归，雅兴正浓，便以"踏花归来马蹄香"为题，在御花园举行了一次别开生面的画画比赛。由于花之"香"气难用形象表现于画面，许多画师虽有丹青妙手之誉，却面面相觑，无从下笔。独有一青年画师奇思巧构，欣然命笔。

宋徽宗俯身细览，抚掌大赞："妙！妙！妙！"接着评道："此画之妙，妙在立意妙而意境深。把无形花'香'，有形地跃然于纸上，令人感到香气扑鼻！"

众画师一听，莫不叹服，皆自愧不如。结果，这幅笔精墨妙、构思奇巧的丹青妙作被选进内宫精裱镶挂。

你知道那年轻画师画的是什么？

谜底：画的是蜜蜂围着马蹄飞。

11. 姜太公到此

相传古时候，有个内阁大学士，是一位大孝子。一次，他回乡省亲，老母说："儿啊，人家都说皇宫富丽，可惜为娘从来没有见识过。"大学士想这倒不难。他按照皇宫结构布置画成一张大图纸，找来当地一位名建筑师，要他照图样兴建。建筑师看图样，吓了一跳。要回绝吧，怕得罪大学士；接受下来吧，害怕以后被人告发。情急中灵机一动，提笔在图上写了"姜太公到此"五个字，即将图纸卷起，交给来传达命令的大学士的家人，说此图有几处不妥，请大人再斟酌斟酌。

大学士打开图纸，一眼便看到了这五个字，先是一楞，再蹙眉细思，领会了建筑师的意图。原来这是个用"摘顶格"破解的谜语，限定谜底字数在两个以上，要部首相同，将这些部首摘去后能扣合谜面。此谜之底即"宫室"，摘去两个宝盖头便是"吕至"，恰能对应"姜太公到此"，因姜太公本名吕尚。

而建筑师则是借此谜提醒：私造宫室，"僭越"之罪是逃避不了的，搞不好还会惹来杀身灭族之祸。

破了谜的大学士吓出一身冷汗，马上打消了建宫室的念头，还厚赏了建筑师。

12. 苏小妹的新花样

有一天苏东坡邀请了山谷道人黄鲁直和佛印和尚来家相聚。这三人在一起少不了吟诗作对一番。正在兴高采烈，议论风生的时候，苏小妹出来了，黄鲁直连忙请她坐下，要她参加。

苏小妹笑笑说："吟诗我比不上哥哥，写字我比不上山谷道长，念经我比不上老僧。要我参战可以，我仍来猜谜行吗？"山谷道人和佛印异口同声说："行啊，你先开头吧。"苏小妹说："这次猜谜我们要玩个新花样：我先出个七字句谜打一字，谁猜中了，先莫说，就由他继续出一个七字句谜打一字，该谜底必须与上一个谜底相联；第三个人同此；第四个人则要用一哑谜形式来表示一句七字句作为谜面，同样射一个字。然后，四个字加起来正好连成一句成语，而这个成语又必须符合我们现在猜谜的情景。你们说行吗?"三个人一听都觉得难,但是又不肯服输,只得齐声说行。于是,苏小妹说了:"月伴三星月如镰。"

三个人略思一阵,终于被苏东坡先猜出来了,于是他就抢先作第二个字谜:"日映召陵如火燃。"

黄鲁直着急了。心想,得抢先联上第三句,否则,要用哑谜联第四句就更难啦。黄鲁直不愧是个大文学家,便脱口而出:"丕儿一去不复返。"

这时,三个人都望着佛印。佛印听了上面三句,心中已有数了,就不慌不忙地把头上的帽子摘下,马上又戴上,再用右手食指向上一指,说:"这就是我的哑谜,不知道跟你们的三个字联得上否?"三个人不约而同地笑了起来,因为大家都猜对了。

你知道这些谜的谜底吗?

谜底:心照不宣。

13. 曹操与谜语

曹操是中国历史上著名的军事家,同时也是风流千古的诗人。他到处网罗有治国用兵之术的人才,也多方招纳知名的文学之士,促进了建安时期文学的发展。曹操对于文学的贡献不仅在风气的倡导上,作为一个诗人,他的创作成就也是巨大的,传世的诗歌就有《龟虽寿》、《观沧海》等20多首。

　　曹操还特别喜欢谜语，是一位杰出的制谜能手。我国历史上最早有文字记载的文义谜，是南北朝刘义庆《世说新语·捷悟》所载的曹操与杨修同猜《曹娥碑》上"黄绢幼妇，外孙齑臼"的故事，距今已有一千五百多年。

　　这个历史掌故在《三国演义》第七十一回里也有详细的叙述：在《曹娥碑》的背面，镌刻有蔡邕书写的"黄绢幼妇，外孙齑臼"八个大字，连蔡邕的女儿蔡琰（文姬）也不解其意，曹操的众谋士看了半天都不明就里。主簿杨修与曹操动了脑筋后，同时猜出这是一句隐语："黄绢"乃颜色之丝也，色旁加"丝"是"绝"字；"幼妇"者，少女也，女旁加"少"是"妙"字；"外孙"乃女儿之子也，女旁加"子"是"好"字；"齑臼"是用来盛装和研磨姜、蒜等辛辣调味品的器具，即受五辛之器。辛旁加"受"即今天的"辞"字。这道在今天看来仍有一定难度的谜语被曹操"上马行三里，忽省悟"，可以看出曹操的猜射水平的确令人赞叹。

　　曹操会猜谜也善于制谜。《三国演义》第七十二回写到有一次曹操令杨修在相府建造一所花园。落成之后，曹操亲临"视察"。他环顾四周，转了一圈，什么也没说，仅取笔在园门上写了个"活"字，然后扬长而去。在场所有的人都愣住了，不明白曹操究竟是什么意思。原来，这就是曹操制的一条谜语，谜底是对园门的评价。杨修见了后说："丞相在门中添'活'字，乃嫌其太阔也。"即令工匠重新筑墙，改修院门。在小说的这一回里还描写了另一件事：一天，塞北送酥糖一盒给曹操，曹操谜兴又生，只见他在盒上写了"一合酥"三字，置之案头。杨修见了，即取匙与众人分而食之。曹操知道后问杨修为何偷吃酥糖，杨修答曰："盒上明书'一人一口酥'，岂敢违丞相之命乎？"（古文为竖行书写，故可从上往下读。）曹操以笑肯定。这称得上是早期字谜之一。

相传，曹操有个娇俏的女儿，因无合意郎君迟迟未嫁。后听说沛人丁仪，勤奋好学，是个饱学之士。有一天曹操特地接见丁仪，首先出了个字谜试其才学："一字九横六竖，问遍天下不知。有人去问孔子，想了三天才识。"丁仪马上答出是个"晶"字。曹操点了点头，又取出张纸，写了一首诗，让丁仪猜。诗曰："道士腰间两柄锤，和尚肋下一条巾。就是平常两个字，难倒不少读书人。"丁仪略一沉思，笑着用手一指，说："就是它嘛。"曹操见丁仪果然才智兼优，当下就将女儿许配与他。

亲爱的读者朋友，你知道谜底是哪两个字吗？

谜底：平常

14. 曹雪芹爱厨艺

曹雪芹不只是个文学巨匠，相传他还是个烹调好手。一天，他邀好友敦敏和于叔度到家里做客，笑呵呵地问两人道："你们二位喜欢吃什么菜？"

敦敏张口说："你就来个'身体白又胖，常在泥中藏，浑身是蜂窝，生熟均可尝！'"

曹雪芹说声知道了，转身又问于叔度："你想吃什么？"于叔度慢条斯理地说："听说你做的'有头没有颈，有气冷冰冰，有翅不能飞，没脚千里行。'很是拿手，做一盘尝尝，如何？"

曹雪芹频频点头说："好，好！我去做来！"

工夫不大，两盘佳肴端上桌来。那真是香味四溢，令人垂涎。于是，三人围坐桌前，畅饮起来。请猜猜敦、于两人各要的是什么菜？

谜底：前者是藕，后者是鱼。

15. 祝枝山谋财害命

明朝的江南才子文征明和祝枝山，不但是丹青妙手，而且是谜坛名家。

一年元宵节，祝枝山和文征明一同到苏州玄妙观赏灯猜谜。

二人走到文虎厅，只见一张桌子上放着只鸟笼，笼中有一只唧唧啾啾鸣叫的花鸟，笼子旁边放着一百文铜钱，注明"射衙门术语一句"。

才思敏捷的文征明，手疾眼快，将铜钱揣入怀中，然后开笼让鸟飞去。站在一旁的制谜者含笑点头，连声称赞："高手，高手！"

祝枝山因眼睛近视，未及细看，见文征明抢先得彩，也跃跃欲试。制谜者见状，拱手笑曰："祝才子莫急，那边还有一只鸟笼，也悬赏钱，请君一试。"

祝枝山一听，快步上前，和文征明一样，也将钱收入袖中，将笼门打开，伸手捉住小鸟，做出欲放之势。

制谜者连忙摇手："一谜二底，岂能重复。"

祝枝山哈哈大笑，伸开五指，鸟已被他掐死了。制谜者点头微笑，称赞不绝。

文征明、祝枝山所猜的谜底各是什么？

谜底："得钱买放"、"谋财害命"

16. 慈禧太后爱猜谜

清代猜灯谜很盛行，民间谜社很多，活动频繁。每逢新春，不仅民间到处有猜谜活动，就是在皇宫内亦有此举。在节日期间，宫内的喜庆娱乐活动除耍灯、演戏等外，还有猜谜。十五那天晚上，紫禁城内神武门大开，院里各式各样的灯上都贴着谜条。凡是宫里的人都可以随便去猜射。猜中者有奖，赏品非常别致，是装在一个大黄托盘中的元宵，每盘大约有元宵一百多个。

慈禧也是一个比较喜欢猜谜的人。有一次，慈禧令太医作谜给她猜，太医作了一则"踏雪寻梅"，打中药名"款冬花"的谜，她大加赞赏。

慈禧不但喜欢猜谜，而且也能制谜。八国联军攻入北京时，慈禧与光绪帝率领宫廷后妃、大臣仓皇逃到西安，有一次皇后说道："老佛说，说个谜语让我们猜吧。"慈禧应道："好。"

这个谜语是：

一家好好过，

怕听五更鸡；

鸡鸣三唱后，

白昼失东西。

慈禧说完让光绪猜，但光绪猜了三次才射中。

请问谜底是什么？

谜底："月亮"

17. 康熙私访遇村姑

清康熙帝喜好游山玩水，吟诗作赋。一次巡游杭州，在去灵隐寺途中，康熙帝对陪游的大学士高江村说："爱卿乃饱学之士，朕制四句诗谜，你猜猜看。"说罢吟哦：

半边有毛半边光，半边味美半边香。

半边吃的山上草，半边还在水里藏。

高江村苦苦思索，未能开窍。桥边一位洗衣村姑噗哧一笑，说："老先生，这有何难。"接着道出了谜底。

康熙见村姑如此聪慧，朝高江村嘲笑道："爱卿，看来你还得回翰林院再苦守三年寒窗，方能赛过这位妇人儿的学问啊！"

高学士面红耳赤，连连称是。幸好后来在灵隐寺因题匾一事为康熙解了窘，才免了折回翰林院去。

您能猜出那诗谜的谜底吗？

谜底："鲜"字。

18. 纪晓岚难乾隆

相传有一年元宵灯节，乾隆皇帝雅兴大发，同大臣们一块儿来到翰林院文华殿猜灯谜。走到中厅，只见一只大灯上写着一副谜联。

上联为：黑不是，白不是，红黄更不是。和狐狼猫狗仿佛，既非家畜，又非野兽；

下联为：诗不是，词不是，论语上也有。对东西南北模糊，虽为短品，却是妙文。

素以圣才自诩的乾隆反复吟哦，苦思冥想，久不能破，甚为狼狈。

身旁有位文官见状，忙为皇帝打圆场，笑道："常言道：'解铃还须系铃人'。还是请制此联谜的纪学士自己揭底吧。"

纪晓岚眯着眼嘻嘻一笑，朝皇帝拱了拱手，然后挥笔写了两个大字。众人俯身一看，无不称绝，连乾隆也抚掌大赞："妙哉，妙哉！"

你知道这谜底是哪二字吗？

谜底：猜、谜。

19. 乾隆放虎

传说清朝的乾隆皇帝酷爱瘦辞隐语，经常要一些学士墨客编制灯谜给他猜，他自己也曾即兴作过一些谜语给宫廷里的人猜，射中谜底者当众赐赏。

一天黄昏，用完膳，乾隆谜兴突发，放出一条"文虎"，让侍候他进餐的太监、宫女试射，言明"猜中者赏白银五十两"。

乾隆皇帝所制谜面为四句诗：

腹内香甜如蜜，
心中花红柳绿。
白沙滩上打滚，
清水河中沐浴。

众人绞尽脑汁想了许久也未猜出，有位长相俊俏的太监忽然想起刚才膳食之物，笑道：万岁爷，给银子吧！我猜中了！"接着道出了谜底。乾隆捋须一笑，当即行赏。

你知道皇帝所吟何物？

谜底："元宵"。

20. 郑成功招贤

相传郑成功在厦门募兵举义时，想出了一个好办法。他吩咐手下的亲兵在招贤馆门前摆了一张桌子，旁边高挂一幅"招志士"的招牌。桌上分别放有一个盛满清水的玻璃缸，一盏点燃的油灯，并散置着火石、火刀、火绳等几样物品。

当时，有数百名百姓前来围观，人们都感到新奇。这样的摆设是什么意思呢？连续三天，也没有人猜中。

到了第四天，来了一位浓眉大眼、虎背熊腰的黑大汉。只见他雄赳赳地大步跨到桌前，用眼扫视了一下桌上的东西以后，便伸手把一缸清水泼翻在地，接着拿起火石、火刀，打着了，燃着火绳，然后从容不迫地将油灯点亮。守在两旁的士兵看得清楚，急忙入内向郑成功禀报。郑成功满心欢喜的说："快请这位壮士人来相见。"

原来，郑成功的摆设是一则哑谜，谜底是四个字。请你猜一猜是什么字？

谜底：反清复明。

21. 康熙微服访遇贤才

康熙皇帝十分注重选才举贤，常微服出访。一年寒冬，下着鹅毛大雪，康熙冒着严寒来到一山庄，见私塾学堂有一俊逸儒生正在伏案，便拱手道："先生，我借贵处取取暖儿，望行个方便。"年轻的教书先生见是个过路人，忙热情地迎客进屋，以礼相待。

过了一会儿，外面的雪渐渐停了，康熙起身告辞。他一腿迈出门外，一腿留在门内，笑问年轻儒生："先生，你猜我是否要走？"

那先生见问得怪异，重新打量了眼前这位怪客。他略一沉思，机智地答了一席话。

康熙见其文思敏捷，答言巧妙，连声赞好，当即亮出自己"真身"，笑说："先生正是朕意中之人！"不多久，这位年轻的儒生便被召至京城，授与重任。

您能猜出那儒生是如何巧言以对么？

谜底：机智的儒生当即上前一步，笑曰："客官，你猜晚生是留你，还是送你？"

22. 文天祥求学

南宋杰出的民族英雄文天祥，出身贫寒，父亲文国斋是个穷困潦倒的布衣秀才，曾从家乡庐陵飘泊到澄江教书谋生。

寒秋的一天，年少的文天祥寻父来到异乡，村上有位黉门秀士见是私塾先生的儿子，想试试他有无才华，先出了句谐联要文天祥应对："出嫁闺女哭是笑。"熟读诗文的文天祥知道这是一副反语联的上句，于是拱手回曰："落第举子笑是哭！"围观的村民和秀才无不称妙。

那黉门秀士又吟诗四句让他猜。诗云：

> 一物生前五寸长，
> 秀才带它上书房。
> 一团哀情为君表，
> 点点热泪洒桌上。

文天祥略一沉吟，很快又答出来了。村民见他如此敏捷，集资供他衣食，免费入学。由于文天祥勤奋刻苦，二十岁就考中了头名状元。

你知道那黉门秀士所吟为何物？

谜底："烛"。

第四章　谜语故事（上）

1. 店小二巧破字谜

　　传说，从前有位姓张的秀才，靠在街头卖字为生，他虽写得一手好字，但生意却不景气，常因手中无钱而忍饥挨冻。

　　清明快到了，让他写字的人慢慢多了起来。有一天，他的口袋里有了几个钱，便来到不远处的一家酒店要了几道好菜和二两烧酒。店小二知道秀才的底细，便提醒道："秀才，老板说最近生意不好，不赊账的。"秀才听后不以为然地说："我是不会赊账的。你瞧这钱够用了吧？"说着将钱递了过来。小二接过钱连声说："足够，够了。"转身想走，又被秀才叫了回来："小二，我有一谜，猜得着，余下的钱就赏给你了。"小二说："有谜只管道来，何必赏钱？"秀才听后，摇头晃脑地说："句中有一字，每月猜三次，就是秀才猜，也得猜十日。"小二听了，心里马上就有了答案。但又不好直说，怕秀才面子过不去，便说："等酒菜上齐了，再猜也不迟。"

不一会儿，酒菜上齐了，小二并没有提猜谜的事，而是招呼其他客官去了。张秀才自认为小二猜不出，也不再提话，得意地自酌自饮起来，不多时，便有了几分醉意。这时小二端来一盘包子说："今天的水饺改为吃包子你看可好？"秀才正在得意之时，哪里计较这些，伸手拿起一个包子就咬了一口，店小二此时忙说："秀才你可真行，一口吃掉半只包。"秀才听了。

恍然大悟，立即领会了小二为什么将吃饺子改吃包子的用意，便连连称道："妙，妙！实在是妙！"说完，乘兴而去。

张秀才字谜的谜底是个什么字？

谜底："旬"。

2. 老秀才的绝谜

从前，有个人叫李三，粗通文墨，就自恃天下第一了。一次，和别人睹猜谜，谜面是：

> 两个幼儿去爬山，没有力气上山颠。
> 归家又怕人笑话，躲在山中不肯还。

李三琢磨了很久，最后总算猜出了谜底。他兴冲冲地拿着这个谜去考村中的老秀才。秀才一见，哈哈大笑，原来这则谜正是他出的。秀才拍拍李三的肩膀，说："我这里还有一则字谜，也请你猜猜。"说罢，道出谜面：

　　老大老二和小三儿，
　　弟兄三人逗着玩儿，
　　老大踩着老二的头，
　　剩下小三儿在下边。

　　这下可把李三难住了，想了好几天，还是猜不出来，你能猜出这两个字吗？
　　谜底：幽、奈。

3. 悟空出谜戏八戒

　　相传唐僧、孙悟空、猪八戒和沙僧，师徒四人过了万妖洞以后，一早上路，天气晴朗，风和日丽，心情格外舒畅。为了减轻旅途的疲劳和寂寞，悟空道："师弟，俺老孙给你们出两个谜儿猜猜如何？"八戒、沙僧齐声说好。悟空一本正经地说：

　　嘴巴尖尖，两耳扇扇。
　　肚子圆圆，蹄子四半。

　　还没等八戒反应过来，沙僧已捧腹大笑。等八戒琢磨过味来后，撅着大嘴道："猴哥呀，又拿老猪开涮啦。"

"八戒，你不要生气。"悟空道："我是与你开个玩笑。我再说一个你来猜。若是猜着了，我就请你吃一顿美斋。"八戒一听说有好吃的，馋虫早爬到喉咙眼上，高兴地说："一言为定。"悟空道：

> 一人骑二虫，
>
> 日在当中横。
>
> 黑狗背一者，
>
> 弯腰直哼哼。
>
> ——打两个字

八戒想了半天也猜不着。悟空附耳告诉了沙僧，二人同时大笑起来。

请猜猜悟空所出的两个谜的谜底。

谜底：蠢猪。

4. 醉汉和尼姑

从前，一个汉子吃醉了酒，摇摇晃晃地来到一个庵堂门口，就跌倒了。此时刚好有个尼姑从庵堂里走出来，她看见躺在地上的醉汉，就把他背了进去。

旁人不知这尼姑和醉汉是什么关系，便请教一位当地的老先生。

老先生不直接说明他俩的关系，只念了两句诗。诗称："醉汉妻弟尼姑舅，尼姑舅妹醉汉妻。"

请想一想，他们俩到底是什么关系？

谜底：醉汉和尼姑是父女关系。

5. 县令猜谜抓盗

古时候，在靠近一条大路的村口，有个叫刘二的人开了一个酒店，由于靠近大路，过往的人很多，买卖自然也很兴隆，店主人苦心经营，渐渐地有了一些积蓄，这便引起了强盗的注意。一个阴雨天的夜晚，两个强盗摸进酒店，杀死了老板，抢走了全部金银财宝。

事出后，县官忙派人巡查此案。但是，那两个凶手怕漏了马脚，背地里四下散布，若谁提供线索，便杀他全家，使一些知道线索的人不敢禀报。县官问过几次，见没有进展，便亲自来村中查访，一连几日，也没有什么线索。

这天，县官正在屋内苦思冥想，忽然从窗外飞进一个纸团，忙打开一看，看上面写着："禀报大老爷，雨夜一案，谋财害命者，系同姓两兄弟，车中猴，门东草；禾中走，一日夫。望老爷明断，重处凶贼。"县官看后，略加思索，随即吩咐左右去抓人。

不一会儿，便把两个杀人凶手捉拿归案。升堂查审，二盗招供，县官一声令下，推出斩首，为民除了大害。

请你猜一猜这二犯叫什么名字呢？

谜底：两个强盗，一个叫"申兰"，一个叫"申春"。车字去掉上下即申，申属猴，故曰车中猴；"兰"字是由草、门、柬构成，则为门柬草"；这就是"申兰"的名字。"申"字又可解为穿田过，即田出两头，故为"禾中走"，"春"字可拆为一、日、夫三字；这就是"申春"的名字。

6. 四个懒兄弟

从前，有一家同胞四兄弟都懒惰成性，庄稼地里的杂草比庄稼苗长得还高。一天，雨后天晴，正是为庄稼除草的好时机，弟兄四人懒洋洋地走到地边，但谁也不肯先下地干活。老大看看三个壮壮实实的弟弟，又瞅瞅地里黄巴巴、干瘪瘪的庄稼苗，琢磨了一阵子，然后对他们说："咱们弟兄都还念过几年书，我想了个好主意——咱们一人一句续诗，从大排小，我先起头，轮到谁接续不上，就罚他下地拔草。"弟兄们齐声说："妙。"

这时，老大望着西边那一道耀眼夺目的彩虹和云雾缭绕的远山，诗兴大发，便脱口而出："只见远山雾腾腾"，老二不假思索，立即接道："不是下雨便刮风"，老三触景生情，续上了一句："这天怎能把活干"，老四年龄虽小，可也略知三位兄长的意愿，就不甘示弱，续上了可谓"精彩"的末句："咱都回家睡去"。

就这样，这一帮懒兄弟虽然都到了庄稼地边，可谁也没有下田。更不曾拔一棵杂草，就都空着手，哼着小曲儿，慢慢悠悠地转回家睡觉去了。

这是一则独具特色、巧布疑阵的故事谜，谜底是一个四字成语。只要你用心猜射，就一定能够猜中。

谜底：各不相干。

7. 老秀才买布

从前，松江府华亭县有个聪明绝顶、玲珑乖巧的织布娘。他不仅有一手织布绝技，而且很有文才。

离此六里之外有个老秀才。他听说织布娘的才能，有点怀疑，有心要会会她。一天，他见织布娘的丈夫在集市上卖布，灵机一动，计从心来。走上前去说："你这布织的确实不错，老夫要买一匹。无奈我身边没带铜钱，烦你明日跑一趟，把布送到我家里来，你看行吗？"织布娘的丈夫说："跑一趟可以，不知先生姓啥叫啥？家住哪里？"老秀才一本正经地说道：

鄙人姓氏西北风，

家住‘正南’屋高耸；

屋旁船儿常出洞，

屋里嚷嚷众儿童；

屋后有棵倒头树，

门前有个倒烟囱。

丈夫回到家里，把老秀才买布的事一五一十地讲给妻子听。织布娘听后说："这好办。"就凑近丈夫耳朵如此这般地说了一番。

第二天，丈夫根据妻子的嘱咐，很快找到了老秀才。他一面施礼，一面说："韩先生，你好，我送布来了。"老秀才一听，惊奇地问："你怎么知道我姓韩？又如何知道我住在这个地方？"

"是我家娘子告诉的。"

老秀才不由暗暗佩服，用双倍的价钱买下了织布娘的布。

请大家猜一猜，织布娘是怎样知道老秀才姓韩和他的家庭住址的。

谜底：西北风象征"寒"，"寒"谐音"韩"；正南指庙宇，因庙宇都是正南方向的；"船出洞"指船从拱形石桥下面经过；"嚷嚷儿童"指学堂；"倒头树"即杨柳树；"倒烟囱"则是一口井。老秀才的意思是：我姓韩。住在拱形石桥旁的庙宇里。庙宇内有私塾学堂，庙宇后有一棵杨柳树，前面有一口井。

8. 皇帝出谜招驸马

从前有位皇帝，膝下只有一个女儿。皇帝和皇后商量：一定要给女儿找个最有学问的人做女婿。

有一年大考，皇帝下令将考中状元、榜眼、探花的三个青年人一齐招到殿上。他说："朕给你们出一个谜，哪个先猜中，就招谁为附马。"

三个才子听说皇帝要猜谜招附马，虽然高兴，但不免有些紧张。皇帝朝他们瞟了一眼，便说出了谜面：

> 木字多一撇，
> 正字少一点，
> 一点不见，
> 两点全欠。
> ——打四字。

三位才子听后，都在默默思考。过了一会儿，聪明的状元向前跨了一步，抬起头来，两眼直勾勾地望着皇帝，一言不发。

殿上的文武大臣们都被状元这奇怪而失礼的举动弄得大为惊骇，替他捏了把冷汗。没料到，皇帝见此情景，却龙颜大喜，立即宣旨：招状元为附马！"

您知道状元猜中的是哪四个字吗？

谜底："移"、"步"、"视"、"钦"。

9. 名士戏财主

从前有个贪婪而又吝啬的财主，由于他爱财如命，一毛不拔，村里乡民暗地里皆叫他"铁公鸡"。

一年，这个吝啬财主满60岁，为了庆祝自己的花甲大寿，他大摆"丰宴"，遍请当地缙绅名流。

缙绅名流接到请帖，以为吝啬财主开斋，会花钱买些酒肉，于是有的学究写了贺联"米颜白发洵堪夸，海屋添筹甲子赊"，准备在酒席上乘兴相赠。有个秀才想借此机会显露一下肚子里的学问，他想到此时正是五月，于是写了一首祝寿七言诗："麻姑酒献千年绿，榴火花明五月红。桃实凝香樽北海，榴花献瑞谱南山。"

到了那一日，大家乘兴而来，但见桌上既无酒也无鹅鸭鸡肉，只有豆干、笋干、菠菜、青菜及红白萝，不禁暗暗叫苦。

位性诙谐的落弟举人嘻嘻笑，朝吝啬财主拱了拱手：

"六十花甲，可喜可贺，晚生送副贺联。"说罢要来笔墨纸砚，连连挥笔：

一二三四五七八九十

一二三四五六七八十

接着又写了一张五个字的横额：文口从土回。

缙绅名流一看，无不窃笑。

你知道他们笑什么吗？

谜底：上联缺"六"，下联无"九"，谐缺肉少酒。横额五字，组合起来，为"吝啬（啬）"二字。

10. 才子登门

明朝年间，河南洛阳有位才子名叫文必正，笔墨清新，且蕴微婉之情，洒落之韵，为文人骚士所赞叹。

为了向天官霍荣之女霍定金表白爱慕之情，文必正去拜访霍府，伺机显才。他见客厅摆设，潇洒一笑："老大人，你这厅堂古仆典雅，琳琅满目，可谓古色古香。但依晚生看来，似乎还缺一物。"

"噢"霍荣一听，有些不解。心想，我这厅堂之上，古玩玉器价值连城，书画墨宝谁家能比！还会缺少什么呢？于是佯笑而问："依才子看，老夫这厅堂还缺何物，不妨直言相告。"

文必正并不直说，只是笑道："依不才之见，这厅堂之上如果再添一字，便可突出您老贵重之身份，又能增添烘云托月的气氛。"

"噢？此字如此巧妙，你且说来。"

文必正拱了拱手："恕晚生吟诗四句，老大人自会明白。"

旋即曰：

初下江南不用刀，

大朝江山没人保；

中原危难无心座，

思念君王把心操。

霍大人一听十分高兴，文必正终被招为女婿。你知道文才子这首诗谜说的是什么字吗？

谜底："福"。

11. 小说家猜谜取物

明朝著名的文学家冯梦龙自称"墨憨斋主人"他才情跌宕，风流蕴藉，后世人称之为"天才狂士"。冯梦龙喜欢读书但不热衷功名利禄，视高官显宦如浮云流水，视荣华富贵为过眼烟云，文字倜傥而大胆，且诙谐幽趣。

一日，有位姓李的雅士前来找他评品诗赋文章，时值桃花吐艳，杏花含丹，冯梦龙笑云："老兄，常言道'桃李杏春风一家'，何不同吾去后花园会会你的本家。"说罢，挽起李雅士出了客厅，就往后面而去。

冯梦龙走着走着，忽然传呼贴身书童，说："敏儿，快代我取件东西送到后花园来。"

那名叫敏儿的书童拱手问道："主人要小人取何物送往花园？"

冯梦龙嘻嘻一笑："你听着！"接着吟了四句：

有面无口
有脚无手。
又好吃肉，
又好吃酒。

敏儿本是个聪明孩子，一听就知是什么东西，马上就送去了。

你知道书童送往后花园的是何物件吗？

谜底：桌子。

12. 农夫猜谜捡妻

从前，有一对夫妇的女儿年方二八，长得俊美、秀丽，因此上门说亲和求婚者接连不断。

有一天，来了三个眉清目秀的年青人，一个是还俗和尚，一个是书生，一个是年轻农夫，同时登门求亲。

老头子一看乐开了，笑着说："我只有一个女儿，不能要三个女婿，谁要娶我的闺女，就看猜谜猜得好不好！"

三个求婚者争先恐后地说："请老伯出谜吧，我先猜！"

老头嘻嘻一笑："我只想问问三位，天下什么东西最肥？什么东西最瘦？"

还俗和尚抢先答道："天下最肥的肥不过清油煎豆干，最瘦的瘦不过干盐菜。"

书生赶紧说："天下最肥的肥不过龙袍马褂，最瘦的瘦的不过毛笔杆！"

老头听了哈哈大笑，还俗和尚和书生面面相觑，摸不着头脑。

年轻农夫笑了笑，朝老头拱了拱手，然后说了两句。老头听了大喜，留下了他。

结果，这年轻的农夫因"独占鳌头"，而娶了位俊秀女子作妻。

你知道那年轻农夫怎样回答的吗？

谜底："天下肥的肥不过春雨，瘦的瘦不过霜寒。"

13. 童子戏主人

古时候，有一个财主骨瘦如柴，十分怕死。花甲之年，他得了一场大病，四处求医，进行治疗，仍不见好转。他久病不起，自知命不久矣，便颤声抖气地问站在病榻前的两个"宝贝"儿子："小犬在外读书，可曾听贤哲论及阴曹地府的境况如何吗？"

两个只会嫖赌逍遥的"宝贝"儿子，被问得面面相觑，吱吱唔唔，无言以对。

站在一旁侍候的仆人，是个天资聪慧的农家孩子，他灵机一动，上前拱手曰："阴间甚好，大老爷尽可放心而去。"

那土财主一愣，瞠目诘问："小奴才！你没读过圣贤书，从未死过，怎么知道阴间之事？！"

童仆嘻嘻一笑，巧言回答，说得那土财主父子连说："阎罗殿果然去得，当真去得。"

谜底：说"阴间若非极乐世界，死者怎会流连忘返，一去不回。"

14. 聪明的店小二

晚清时期，北京城里有座酒馆叫东兴楼，楼中有个店小二善破各种谜语，以此招来了众多喜欢制谜征射的谜友光顾。

这一天，店里来了两位客人，双双往窗前一张桌子边坐定，甲对殷勤招呼的店小二说："我俩要的酒不一样，'绿肥红瘦'。"乙则取下头上戴的瓜皮小帽，顺手递给他。

不用再问，就这一言一行，店小二便明白了。原来他俩给自己出了一个"落帽格"谜，其格式规定谜底字数在三个字以上，须将第一字摒除后扣合谜面，好像脱去头上帽子。店小二根据客人乙的动作提示，扣出谜底是竹叶青、花雕两种酒名，摒除"竹"字后，"叶青花雕"（雕即凋落）恰能扣合"绿肥红瘦"。

结果两位谜客如愿以偿，并同店小二结为朋友。

15. 夺镯揭被

清朝初期，扬州城发生了一桩案子。罪犯刘二，夜半翻墙入室，进入王举人家的小姐房内，夺下熟睡的小姐手腕上的金镯以后，又淫心大发，揭开被子将王小姐强行奸污了。案发后，刘二很快被抓获。

怒火冲天的王举人，亲笔书写了一份文绉绉的状词，呈上衙门，请求地方官严惩罪犯刘二。

州官见状词上写有"揭被夺镯"四字，只罚重打罪犯二十大板，准备将刘二释放。

王举人闻之，大为不服，登门拜访了衙门当师爷的刀笔吏，求他重新代写一份状子。

那精通法律的刀笔吏受下厚礼后，只在王举人原状词的"揭被夺镯"四个字上，做了一点小小文章，然后将须笑道：

"你再呈上去试试，保你能出心头之气。"

果然，地方长官接过新状词后，遂以抢劫、强奸两罪，将刘二改判为死刑。

你知道刀笔吏在"揭被夺镯"四字上做了点什么文章吗？

谜底：将"揭被夺镯"改为"夺镯揭被"。前者只是抢夺罪，较轻；后者则是抢夺、强奸罪，则会判死刑。

16. 叶天士开处方

明朝时，江南有位名医叶天士，医道高明，药到病除，大家都管他叫"叶一帖"。

请叶天士看病的人很多，他只问病情轻重，不管病家贫富，为此得罪了当地的一个恶霸李三麻子。李三麻子勾结官府，诬他"非法行医"，砸了他的医馆和招牌。从此，叶天士成了在破庙里歇身的走方郎中。

说来真巧，李三麻子使坏不久，突患急症。情急中，管家忙去破庙里请叶天士看病。叶慢条斯理地问过症状后，说："不用出诊啦，我给你写张药方，包你一帖见效。"说罢，提笔写道：柏子仁三钱，木瓜二钱，官桂二钱，柴胡三钱，益智二钱，附子三钱，八角二钱，人参一钱，台乌三钱，上党三钱，山药二钱。

管家接过方子，飞快地直奔药铺去抓药。药铺里的伙计接过方子一看，忍俊不禁，笑出声来："这哪是什么药方？明明是一纸藏头谜嘛。"

管家一愣，忙拿过来仔细一瞧，原来这是：柏木官（棺）柴（材）益（一）副（附），八人抬（台）上山。

17. 怕老婆的名句

苏东坡同孙贲一起在朝为官。孙贲怕老婆的名声，不仅同僚皆知，也是汴京酒楼茶馆里茶余饭后的笑谈。

有一天，苏东坡请孙贲去酒楼共饮，还点名要一个善猜谜语的歌女陪酒。席间，孙贲要苏东坡出个谜让歌女猜，借以取乐。苏东坡说："蒯通劝韩信反，韩信不肯反。"这个歌女马上猜了出来，只是碍着孙贲在座，拘谨着不肯说，偏偏孙贲又逼着她快说。岂知一经说破，乐坏了苏东坡，气坏了孙贲。

原来此谜叫"玉带格谜"，规定谜底字数为单数，至少三个字，中间一字须谐读后能扣合谜面，即故意用白字，如同有人围上玉带后腰间一圈白之特征。苏东坡讲的这个谜面，用历史典故：汉朝建立后，功臣韩信不肯接受谋士蒯通劝其叛汉的建议——怕辜负了汉高祖刘邦对他的信任。歌女据此以玉带格式扣底，就是"怕妇（负）汉"，既对应谜面，又画出了孙贲怕老婆的形象，难怪孙贲要生气了。

18. 横日挂金钩

从前有两个书生进京赶考，晚上同住在一家小店。店主是个农村大嫂，模样俊秀，端茶送饭招待周到。

晚上临睡前，她又送茶水来，两个书生很感激。大嫂一边沏茶一边问："二位公子贵姓？"两人都有学问，开口就成文："弓长十八子。"大嫂一听，接口就说："原来是张李二先生。"两书生见大嫂对答如流，就反问说："大嫂贵姓？"大嫂微微一笑，说了一句："横日挂金钩。"

两个书生苦思冥想了一会儿，抬头你看看我，我看看你，硬是搭不上腔。大嫂一看就明白了，忙说："二位歇着吧，明日好赶路。"说完收拾茶具走了。

两个书生不知大嫂姓啥，互相问，问不通，拿笔写了一气，还是解不开，翻来复去一宿没睡着。天亮了，两人更是恐慌，还是赶考的举子，连大嫂的姓都解不开，待会见大嫂怎么搭话呢。正说着，忽听大嫂叫门，两个人慌了神了！他们急忙穿好衣服。大嫂送了早茶、洗脸水，二人满面通红，开不得口。吃过早饭，要赶路了，不得已硬着头皮说："大嫂贵姓，请明谕！您的'横日挂金钩'，钩得我二人一夜没睡！"大嫂一听哈哈大笑起来，爽快地说出个姓氏，两位书生如梦初醒，惭愧地告别大嫂赶路去了。

谜底："巴"。

19. 珊瑚鞭打海棠灯

有一年元宵节，扬州一盐商于大门口挂一巨大灯笼，上书"悬谜征答，射者请进"八个大字，一些好奇者皆蜂拥而入。只见庭院内陈设精美酒菜一席，香气浓郁，令人馋涎欲滴。桌上另放酒一壶，杯一只，筷一双，桌前有锦椅一张，旁边还侍立妙龄女婢一名。墙上挂有珊瑚鞭一条，堂口悬一巨灯，状如海棠花。堂下有健马一匹，鞍具齐全。另一边竖有一牌，写着：庭院内所设，请射唐诗二句，中者以鞭、马相赠。

一时间，扬州城内文人学士纷纷前来观赏猜谜。每天开放两个时辰，然而，连续三天竟无人猜中。

到了第四天，忽有一少年弟子昂然直入内庭，径自登堂入坐，旁若无人，随手取壶自斟自饮，举筷大吃。壶中酒尽，少年面露醉意，脚步踉跄，乃招女婢扶之，伸手取下墙上所悬之珊瑚鞭，步出堂下，命女婢扶其上马。临走前，以珊瑚鞭击海棠灯一下，即傲然乘马而去。观者莫不惊异，然主人呵呵直笑，并不追赶，任其远去。

事后，众人追问主人，谜底究竟是什么？盐商道："当年李白醉草吓蛮书，书成后出宫上马，曾口吟'醉后玉人扶上马，珊瑚鞭打海棠灯'二句而去。今日乃重现当日李白的故事，诸君为何没想到？"

众人大悟，然悔之莫及。

20. 书生吟诗赚姑娘

相传，苏州虎丘山下居住着祖孙女二人，祖父是忠厚的穷秀才，嗜好养花；孙女儿在虎丘山下垦地种花，长得文静秀气，且又聪颖能干，每日除了与祖父一起养花诵诗，还时常到城里去卖花。

一天，正当姑娘卖完花，欲回家时，不料于小巷中遇到了一个纨绔恶少，他见姑娘美如天仙，不禁动了邪念。姑娘见苗头不对，转身便跑，那恶少在后紧追不舍，眼看姑娘体力不支难逃魔掌。正值危难之际，恰逢一个后生路过，他见光天化日之下，竟有人追辱女子，不禁义愤填膺，上前揍了恶少一顿，救下了姑娘。

姑娘千恩万谢，并问后生的姓名。后生本不想告诉她，但见她态度坚决，便随口吟道："一自幽山别，相逢此寺中，高低俱出叶，深浅不分丛，野蝶难争白，庭榴暗让红，谁怜芳最久，春露到秋风。"

吟完，他带着歉意笑了笑对姑娘道："恕我未能直言，不过这诗所说的花名便是我的姓名，你与花朝夕相处，我想，你是一定能知道我的姓名的。"说完，他便走了。

姑娘低头略一思索，已悟出谜底，便对着已走出挺远的后生高喊一声："石——竹——！"

这一声，后生顿时停住了脚步，回转身子，称赞姑娘的聪明，竟然在这样短的时间里就喊出了他的姓名。

他来到姑娘身边，道："小姐，好聪明，这么快就说出小生的姓名！只是不知小姐芳名……"

姑娘见他想知道自己的名字，便莞尔一笑："我的名字嘛，也是一种花，此花能白更能黄，无人亦自芳，寸心原不大，容得许多香。"

哪知姑娘话音刚落，那后生便道："多好的一种花啊，不为无人而不芳，不因清寒而萎缩。"姑娘听罢，不禁顿生敬佩之意、爱慕之情，向青年许了终身。

你知道姑娘叫什么名字吗？

谜底："兰花"。

21. 小姐选夫

从前有位李员外为女儿挑选女婿。一天，来了一位书生应选，李员外叫女儿隔着屏风向外面偷看。事后，员外要夫人去问女儿是否中意。女儿含羞不言。等问急了，才口吟一诗道：

雀屏选佳婿，双亲询女意；

元旦欲观灯，怎奈才除夕。

母亲不懂,去告诉员外。李员外听后哈哈大笑说:"这四句话是个字谜,射一个字,女子已经答应了。"母亲细细一想,恍然大悟。

请你猜猜,这是个什么字?

谜底:除夕为正月少一日,隐"肯"。

22. 才貌双全

明朝有位高逸不羁、风流冠时的才子名叫瞿佑,才华横溢,文思敏捷,许多名人雅士都想招其为婿,但他看了不少闺阁裙钗,皆不中意。

有一年元宵灯节,他在热闹的街市上,见一宜嗔宜喜春风满面的年少女子,十分窈窕妩媚,心想,这妙龄佳丽既无美女的纤腰,花卉的姿色,却委实楚楚动人。

那俏巧丫环见大名鼎鼎的瞿才子对自己家小姐含情脉脉,回家后便如实禀报了老爷。

主人一听,忙派人送去请贴,邀瞿佑来家赴宴。

酒席上,当瞿佑得知这桌酒席事出有因之后,心想,这家"千金"论外貌倒是秀逸女子,但不知才学如何,于是借着三分酒意,要来文房四宝,赋咏物诗一首,要主人转交令媛。

诗云:

　　巧制功夫百炼钢，持来闺阁共行藏。

　　双环对展鱼肠快，两股齐开燕尾长。

　　不久，瞿佑便接到那家丫环捎来的一纸香笺，上面写着两个娟秀的小字。瞿佑一看，笑道：“好一个才貌双全的意中人！”

　　你知道那小姐在香笺上写了两个什么字吗？

　　谜底：剪刀。

23. 岳父助女婿猜谜

　　明代文学家程敏政是休宁（今属安徽）人。少时寒窗苦读，弱冠之年便博通六籍，成化年间以才思雄深而金榜题名，高中进士。宰相李览见其才貌并秀，文质彬彬，便将芳姿绰约的女儿许配给了他。

　　一天早晨，李小姐与丈夫来到后花园散步，见旭日东升，花草鲜艳，灵机一动，笑吟四句：

　　种个芝麻，长棵桃树，

　　开朵牡丹，结个橄榄。

　　让程敏政猜是什么花。

　　程敏政虽善吟诗作赋，但不擅谜道，想了许久也未猜出，急得抓耳挠腮，十分尴尬。李小姐嫣然一笑："那就再想想吧，何时猜中，为妻赏酒三杯。"

这天，李览退朝回到官邸，腰酸背痛，叫女婿陪其饮酒解乏。程敏政说起早上之事。李览听后朗声笑道："这有何难！"

说罢提起筷子指了指窗前的那一盆花，程敏政恍然大悟。饭后，他采了不少花，拿到绣楼，缠着李小姐染指甲。给李小姐的指甲涂上花泥、用细线捆绑好。小姐说："我出的谜猜出来了吗？"敏政说："正等着领赏呢。"小姐会心地瞟了他一眼，"别急，晚上咱们再慢慢喝。"

你知道谜底是什么花吗？

谜底：凤仙花（指甲草）。

24. 孔雀名花雨竹屏

康熙二十九年，八大山人朱耷 65 岁时画了一幅水墨画，上面画着一块上大下尖显得站立不稳的顽石，顽石上蹲着两只尾巴上长着三根花翎的孔雀，孔雀的上面是石壁，石壁的后面下垂着竹叶和牡丹花。石壁上有一首题诗：

孔雀名花雨竹屏，

竹稍强半墨生成。

如何了得论三耳，

恰是逢春坐二更。

这幅作品，画既隐约，诗又朦胧，究竟含有什么寓意呢？

"三耳"引用了《孔丛子》所记"臧三耳"的典故。"臧"是奴才，奴才对主子总是俯首贴耳，言必听从的，就像多生了一只耳朵。

清朝官员帽子的后面都拖着用孔雀尾羽做成的"花翎"，即所谓"花翎顶带"。花翎的多少标志着官阶的大小，从一翎到三翎，三眼花翎是最高等级的标志。画中的孔雀，尾巴上拖着三根花翎，即是隐刺满清大员。这些大员虽然地位显赫，其实也都是些奴才，可怜得很。"恰是逢春坐二更"，即使在"春眠不觉晓"的春天，为了上朝，也得二更时分就早起候驾。而那下面尖尖站立不稳的石头，不仅像征着这些"奴才"伴君如伴虎，时刻都有遭遇到不测的危险，而且，也像征着整个统治阶层的不稳，时刻都有倾覆的可能。

明亡以后，明皇室贵族后裔的朱耷被降为平民，他既无力反抗，又不愿归降做顺民，只好装哑、佯狂，将悲愤寄于笔墨，用来表示他不屈的抗争。这不仅是一幅书画精品，而且还是一则书画谜，具有极强的思想性。

25. 莲汤鸡请客

明朝有位任户部主事之职的雅士黄周星，不仅能诗善对，而且还是个富有创造性的谜家。他首创灯谜"酒令体",谜面如诗词,且谜味醇正。

一天,黄周星为养父周老爹庆寿,邀请文朋诗友赴宴。席间,他笑着说:"今日幸会,实属难得。为助雅兴,请君轮流出谜猜射,以代酒令如何?"众宾客拱手回礼表示同意。

有一诗友笑道:"黄大人乃谜坛高手,理当先吟一则。"

黄周星也不推辞,随口吟一谜:

　　　　忽而冷,忽而热;
　　　　冷时头上暖烘烘,
　　　　热时耳边声戚戚。

并说:"此为分扣谜,隐三国一人名。哪位才子能射中,当以'落汤鸡'酬答。"

宾客中有位射虎老手,听后细细推敲片刻,拍手称绝,笑道:"乃'貂蝉'也!"接着,他作了解释:天冷时戴貂皮帽子,便可'暖烘烘';天热时,'蝉'就叫,其声凄楚,耳边便时常'声戚戚'了。"

黄周星赞道:"老兄才高,'落汤鸡'受之无愧也!"当即以酬。

黄周星所说的"落汤鸡"也是一个字谜,你能猜出谜底吗?

谜底:"酒"。

26. 书生打虎

明朝时期，广东有位书生丘浚，因博古通今，记忆力极强，被人誉为"丘书柜"。

有一年，丘浚前往粤州府参加三年一次的科举考试。途中在一家旅店投宿。店主有个聪慧的小女名叫鹧鸪，笑着对丘浚说："丘秀才，人都说你解诗破谜胜烘炉点雪，今天我出个字谜儿试试你！"说罢娇声吟道："二人并坐，坐到二鼓三鼓，一畏猫儿一畏虎。"

丘浚听罢，低声说道："二人并坐，是两个字合而为一。畏猫者，鱼也；畏虎者，羊也。"想到这，书生矜持一笑，拱手答道："小生猜中了，是个'鲜'字！"

"不对！"鹧鸪嫣然一笑，"你再猜猜。"

丘浚听说未射中，顿时面红耳赤。他急速变换思路，苦思冥想："这二鼓乃亥时，三鼓乃子时。亥时生者肖猪，猪亦畏虎，子时生者肖鼠，鼠亦畏猫。"想到这，书生不由得拍案叫绝，笑道："这回我定猜着了！"说罢道出了谜底。

店女一听，抚掌称赞："真不愧是丘书柜！"

您知道这谜底是个什么字吗？

谜底："孩"字。

27. 八月十五光月明

从前，有个老先生，总爱沾点小便宜，哪个学生送他的礼重，他就另眼相待；那些送不起礼的穷学生，就要遭他的白眼。

老先生有个女儿，名叫金花，能诗善对，聪明过人。她常劝父亲不可以势利待人，但老先生听不进。

这年八月十五快要到了，学生们都给先生送节礼，只有穷学生刘海，因家贫没送。老先生很不高兴，便想羞辱他一番。

八月十四日那天放学前，老先生说："明天中秋节放假一天。刘海例外，留下对对。我出上联，他对下联，什么时候对出来，什么时候回家。"

书房里只剩下刘海一个人，他惦念家中的母亲，心情烦乱，看着老先生出的上联："八月十五光明月，"就是想不出合适的下联来，急得在书房里团团转。他想，"光明月"要对"月黑天"才好，嘴里便不断地念叨："八月十五光明月，什么什么月黑天……"

金花见刘海着急的样子，既同情他，又不满父亲的做法，就悄悄地写了四个字，揉成一个纸团，扔进书房。

刘海拾起纸团一看，大喜。立即在"月黑天"三字的前边加上"岁末除夕"四个字，写成了下联，送到老先生屋里。

老先生看了刘海对的下联，觉得不错，但不相信是他自己对的，便严厉地追问他。刘海不敢隐瞒，只得把师姐相助的事讲了出来。

老先生一听，火冒三丈，认为女儿败坏了门风，丢了他的脸，百般辱骂金花，还说："你这么不要脸，还不如死了好！"

老先生骂完走了，金花心想：只不过帮刘海想了四个字，父亲就这样大发雷霆，骂个不停，她越想越生气，于是提起笔来在墙上写了四句诗：

自幼红颜薄命，处处被人刁难。
只为四个大字，含羞吊在门前。

写完，便上吊自尽了。等老先生发现时，金花已经死去多。

金花写的这首绝命诗是一首诗谜，谜底为一物，您能猜出来吗？

谜底：红纸糊的灯笼。

28. 穷妇辛酸

从前有户人家，妻子操持家务，丈夫是一个教书先生，日子虽不富裕，倒也不缺吃穿。夫妻俩膝下只有一女。小女聪明伶俐，从小习书识字、吟诗作画，父母把她视为掌上明珠。当时，朝政不稳，兵荒马乱，人们三天两头东躲西藏，到处逃难。

有一次，在逃难的路上碰上了官兵，人人各自逃命，亲人无法相顾。天黑以后，她与父母走散了。

几天来，姑娘到处打听父母的下落，但一直没有音讯。在当时的战乱年代，一个姑娘怎能生活下去呢？她整天哭哭啼啼，思念父母。为了活命，不得已给一家地主当了女佣，打算以后再慢慢与父母团圆。

不料，主人非常刻薄，给她穿的是破衣烂衫，吃的是残汤剩饭，干的是又脏又累的活儿，使她受尽了折磨。

这天，她累得精疲力尽，饥肠辘辘，对着一块残缺不全的菱镜，看着自己憔悴的面容，想起自己从小虽然没有锦衣玉食，但却无忧无虑，心情舒畅，眼下落得如此下肠，好不伤感。

又想起父母不知是死是活，不觉落下泪来，自叹道：

昔日丰姿新样妆，
如今褴褛实堪伤；
堂前厨下来服侍，
啜饮残羹剩茶汤。

这四句诗隐一件日常用品，请你猜猜是什么

谜底：抹布。

29. 秀才借东西

从前，有个姓王的秀才，满腹经纶，只因奸臣当道，穷困潦倒。

一天，王秀才赛诗归来，腹中空空，就叫儿子阿聪赶快煮饭。可是家中早已没有米了。这时，他才想起今天是大年三十。

去哪儿借钱买米呢？王秀才急得像热锅上的蚂蚁。突然，他看见地上有一段圆竹，不由灵机一动，忙用刀往圆竹筒上劈去，当劈到三分之一、靠近竹节处就不再劈了，叫儿子拿了这带刀子的圆竹筒，到邻村最要好的朋友李秀才家去。

李秀才家中富裕，是个喜欢猜谜语的人。当阿聪拿这段圆竹给他时，他拿着竹筒，仔细地看起来。看了一会儿，他突然哈哈大笑，立即吩咐家人，拿出一袋米和几吊钱交给阿聪。

聪明的读者，您知道李秀才怎么猜出王秀才家中缺钱少米的吗？

谜底：圆竹筒的三分之一处有个竹节，因刀搁在竹节上没有劈过去，就是说缺钱少米，过不了节。

30. 船夫考子

从前有个老船翁，名叫张海，帮人运货为生。张海深感自己没有文化的苦，除了白天驾船外，晚上还把自己学到的一点文化知识教给儿子，有时还为儿子买些诗书供其自学。

有一天，父子运货到了一个集镇，儿子在街上看到朝廷考状元的榜文，回船向张海要求赴考。张海恨透了封建士大夫的残忍，不让儿子去。在儿子的苦苦哀求下，张海没法，于是指着邻近的一条船对儿子说："你去那里给我借一样东西来。拿错了就别去考，拿对了，你就去吧！"儿子满口答应。

张海便叫儿子拿出纸笔来，顺手写了这样一首诗："忆当年，生在深山，青枝绿叶。叹而今，来到人间，青少黄多。经过几多风波，受尽几番折磨。莫提起啊，莫提起！若提起，无非点点泪滴江河！"

写毕，儿子很快到邻近船上借来了父亲要的东西，父亲无奈，只得允许儿子上京赴考。

您知道张海要儿子到邻近船上借什么东西吗？

谜底：借"船篙"。

ZHONGHUAMIYU
CAICAIKAN

中华谜语
猜猜看（下）

刘艳婷◎ 编著

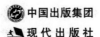

中国出版集团
现代出版社

图书在版编目(CIP)数据

中华谜语猜猜看(下)/刘艳婷编著. —北京：现代
出版社，2014.1

ISBN 978-7-5143-2141-8

Ⅰ. ①中… Ⅱ. ①刘… Ⅲ. ①谜语－汇编－中国
Ⅳ. ①I277.8

中国版本图书馆 CIP 数据核字(2014)第 008600 号

作　　者	刘艳婷
责任编辑	王敬一
出版发行	现代出版社
通讯地址	北京市安定门外安华里 504 号
邮政编码	100011
电　　话	010－64267325 64245264(传真)
网　　址	www.1980xd.com
电子邮箱	xiandai@cnpitc.com.cn
印　　刷	唐山富达印务有限公司
开　　本	710mm×1000mm　1/16
印　　张	16
版　　次	2014 年 1 月第 1 版　2023 年 5 月第 3 次印刷
书　　号	ISBN 978-7-5143-2141-8
定　　价	76.00 元(上下册)

目　录

第四章　谜语故事(下)

第五章　谜海赏珠

第四章　谜语故事（下）

31. 农夫考孙子

从前，有个老农和孙子一起去锄地。烈日炎炎。两人干了一会儿活就来到地头边上的一棵大树下歇凉。

为了解除疲劳，爷爷提议猜个谜。孙子急着要爷爷快点说出谜面。老农小时候读过几天私塾，当时的教书先生和学生一起对对子、猜谜语，有的谜事他至今仍记忆犹新。他略微想了想，便给孙子出了这样一个谜语："忆当年，头戴彩色缨帽，身穿罗衣数套。别人见了喜悦，自己也觉俊俏。不幸老年到，衣帽被剥，悬空高吊。受尽风分离，最终还不免到那衙门走一遭。"

该锄地了，孙子还没猜出来。爷爷说："你一边锄地一边好好想想吧！"

请你帮这位老农的孙子猜猜看。

谜底：玉米棒子。

32. 三个姑娘去买药

有一户五口之家：老俩口和三个姑娘。大姑娘叫红根，二姑娘叫绿叶，三姑娘叫白花。闲来无事，她们常猜谜取乐。

这一年秋天，老太太生了几天小病，叫大姑娘去抓药。大姑娘去了很长时间不见回来，老太太就叫二姑娘去找。结果连二姑娘也不见回来。

三姑娘说："妈，我再去看看吧！"老太太说："你别去。因为有一个谜语说过：'红根去打药，绿叶不还家，宁可等它黑，莫折小白花。'"

老头子一听笑了，说："这个谜倒合我们现在的情况，也还不坏，只是不十分确切。我来做一个同样谜底的谜让你猜猜：'红根子，绿叶子，开白花，结黑子。'"

老太太一听，乐得哈哈大笑。

不一会儿，两个女儿抓药回来了。老太太服了药，猜猜谜，心情舒畅，病也好了。

您能猜得着这两个谜同指一个什么吗？

谜底："荞麦"。

33. 土匪京城卖画

明末李自成手下有一位军师，叫宋献策，外号"宋矮子"或"宋孩儿"，他为李自成献计献策，立下许多功劳。

李闯王率领大军一路向北京杀来。这下可吓坏了明朝崇祯皇帝，他慌忙调兵遣将，想做垂死挣扎。

为了涣散明朝将士的斗志，宋献策向闯王献计，让军队在河南、河北的交界处休整，他自己先向北京城走一趟。

没几天，宋献策便进了北京城。在乱哄哄的长街上摆了一个画摊。

宋献策卖的画只有一张，高高地挂在竹竿上，不时地高声唱道："买画买画请买画，此画本是神仙画。哪位看破神人意，分文不取送给他！"不一会儿，便围了不少人，都想开开眼界，耍耍聪明看看究竟是一张什么神画。

这是一张横幅画：远处是一座高大的城楼，好像北京西城楼，上边没有兵将，没旗没有枪。两扇城门大开，一匹一抹墨黑的高头大马正半进半出；远处一条小河，河边上长着一棵大李树，枝叶间结满了绿里透红的大李子。

这张画把人看得直流口水，当然也免不了七嘴八舌地议论一番。有的皱眉头，有的唉声叹气，有的却欢喜非常，直喊着要到馆子里去喝顿痛快酒。

没几天，这张画就轰动了北京城，人们长街谈，短巷议，都说："大明要完了，李闯王要坐天下了！"

没多久，整个北京城的人们都知道闯王要坐天下了。等到崇祯知道了这回事，慌忙派人捉拿卖画的人时，宋献策正在闯王大营里饮酒呢。

这是怎么回事呢？从这张画里怎么能看出李自成要坐天下了。

谜底：远处城门里一匹马半进半出，这"门"里添个"马"字，是个"闯"字，而且那匹马还是李闯王的坐骑乌龙驹。河边的李子树，结满了要熟的李子，那是李子开花李子（自）成之意。这就是说，闯王李自成要进北京坐天下了。

34. 贪心的老板娘

从前，浙江绍兴有一对夫妻开了个酒店。因酒味醇美，价钱又公道，加之老板待客热情周到，生意一直很兴旺。

一天，酒店老板因要下乡去收购糯谷，离了店门，只留妻子在家继续经营生意。妻子是个贪心女人，夜里偷偷往酒坛里羼了一些水，第二天开门营业，仍照原价出售，结果比往日多赚了十两银子。

丈夫回家后，妻子兴冲冲地告诉他生财的"秘诀"，不料丈夫听后捶胸顿足，责备妻子说："你把我最值钱的东西卖掉了！"

妻子疑惑不解，丈夫失声痛哭说："我那最值钱的东西，乃是无价之宝，而你只卖了十两银子，太亏本了！"从此，酒店生意一蹶不振。

你能悟出那忠厚的老板所说的最值钱的无价之宝是什么吗？

谜底："信誉"。

35. 太子失踪，宫女报案

从前有位皇帝，一生只有一个儿子，为此视为掌上明珠。

一天，年纪不到10岁的宝贝太子突然失踪了，皇帝、皇后急得乱转，命令宫廷所有的人到处寻找。大家找到深夜，仍无一点线索。

当日深夜，皇帝正在求神拜佛，求列祖列宗，保佑太子平安无事。贴身太监禀报，说西宫宫女王蕊前来，要求叩见圣上，说她知道太子下落。那宫女一进门，见两个嫔妃搀着皇帝，在香炉前烧香，便吱吱唔唔不敢明说。皇帝见她吞吞吐吐，大声催道："快讲，快讲。"那颇通文墨的聪明宫女取过纸笔，写了"芥妄惟大了"五个清秀的小楷字，然后禀曰："万岁只要在每个字上添一笔，便……"她望了望两个嫔妃，想起南朝文学家鲍照编纂成集的一首瘦辞隐歌，于是接着又吟了四句："二形一体，四支八头，一八五八，飞泉仰流。"

吟毕，躬身退去。

那皇帝落笔加之，又细细琢磨宫女之言，恍然大悟："原来如此……顿时昏倒在地。

你知道太子的下落吗？

谜底：五字各添一笔为"芬妾推太子"，四句射一个"井"字，意思是"太子被芬妾推下井了"。

36. 书生胜武生

从前，有个练武之人，自恃武艺高强，臂力过人，平日待人接物趾高气扬，目空一切。人们见他只得敬而远之。

一日，武生外出闲游，与一群年轻小伙子争执起来。武生平日骄横惯了，如今有人竟敢和他顶撞，怎不生气，他挥拳便打。其中一个小伙子，也不示弱，两人便交起手来。那小伙子哪是武生对手，只三个回合，便支持不住。

他的同伴见状，立即一哄而上，围攻武生。那武生果然身手不凡，只见他挥拳踢脚，犹如暴风骤雨、行雷闪电，转眼间，五六个小伙子都被打倒在地，爬起身狼狈地逃跑了。武生望着他们的背影，不禁得意地哈哈大笑。这时，他一转脸，只见一个身穿白袍的书生，站在一旁"嘿嘿"冷笑。武生见了勃然大怒，冲到书生面前，大声喝斥道："我是个赫赫有名的武生，你敢小看我么？"

"雕虫小技，难登大雅之堂。"书生双手交在胸前，平静地说："仁兄既是武艺高强，小生冒昧一试。小生将一本书置于地上，仁兄若能跨得过去，才算武艺高强。"

武生气得"哇哇"直叫："别说是区区一本书，就是一二丈宽的涧水沟，我也一跃而过。"

"那就请仁兄到寒舍一叙，以便取书。"书生说着便和武生并肩走了。

两人到了书生的书房，书生取出一本书，放好后，武生果真没有跨过去。

此刻，武生一下跪在书生面前，说："仁兄，多谢你，你使我明白了一个道理，就是强中还有强中手呀！"从此以后，两人成为莫逆之交。

谜底：书生将书本放了在墙角。

37. 厨师做菜寓诗文

有位厨师精通诗词，据说他做的每道菜，都能对出一句优美的诗句来。一位秀才不相信，只给厨师两个鸡蛋，却要他办成一桌酒席，并且每道菜要表示一句古诗。

厨师欣然接受，做了四道菜。第一道菜是两个炖蛋黄，几根青菜丝；第二道菜，把熟蛋白切成小块，排成一个队形，下面铺了一张青菜叶子；第三道菜，清炒蛋白；第四道菜，一碗清汤，上面浮着四个蛋壳。秀才看了，连声称奇。

谜底：两个黄鹂鸣翠柳，一行白鹭上青天。窗含西岭千秋雪，门泊东吴万里船。

第五章　谜海赏珠

（一）以诗句为题猜谜语

1．单句诗谜语

（1）山穷水尽疑无路，柳暗花明又一村。（绝处逢生）

（2）谁知盘中餐，粒粒皆辛苦。（食不甘味或来之不易）

（3）危楼高百尺。（琼楼玉宇　高耸入云）

（4）欲穷千里目，更上一层楼。（高瞻远瞩）

（5）明月何时照我还。（归心似箭）

（6）桃花潭水深千尺，不及汪伦送我情。（一往情深或无与伦比）

（7）孤帆远影碧空尽，唯见长江天际流。（源远流长　水天一色）

（8）有意栽花花不开，无心插柳柳成荫。（出乎意料　歪打

正着）

（9）相逢何必曾相识。（一见如故）

（10）读书破万卷，下笔如有神。（熟能生巧　开卷有益）

（11）千山鸟飞绝，万径人踪灭。（远走高飞　荒无人烟
销声匿迹）

（12）千里江陵一日还。（一日千里）

（13）桃花依旧笑春风。（孤芳自赏）

（14）千里莺啼绿映红。（有声有色）

（15）好雨知时节，当乃春发生。（风调雨顺）

（16）春蚕到死丝方尽，蜡炬成灰泪始干。（鞠躬尽瘁）

（17）春色满园关不住，一枝红杏出墙来。（独辟蹊径）

（18）卷我屋上三重茅。（家徒四壁、风吹草动、灭顶之
灾）

（19）君王掩面救不得。（爱莫能助、黯然失色）

（20）高堂明镜悲白发。（顾影自怜、相见恨晚）

（21）王孙莫把蓬蒿，九月枝枝近鬓毛。（菊）

（22）唐．皮日休：落尽残红始吐芳，佳名唤作百花王。
（牡丹）

（23）唐．吴融：翠翘红颈覆金衣，滩上双双去又归。（鸳
鸯）

（24）唐．来鹄：雨恨花愁同此冤，啼时闻处正春繁。（子
规）

（25）劝君更尽一杯酒（打《封神演义》中人物）（比干）

（26）上天入地任我行（打唐代诗人）（李白）

（27）言师采药去（打常见文体）（童话）

（28）小荷才露尖尖角（打一商业词语）（新开张）

（29）此时无声胜有声（猜一音符名）（休止符）

（30）质本洁来还洁去（打一成语）（一反常态）

2. 整首诗谜语

天鹅飞去鸟不归，

目目相对由心起，

胡天八月不飞来，

山回路口白草折，

寸光不与四时同，

接天连叶送君去，

千秋一夜为三横，

角弓空留马行处。

答案一：我想能与丈夫有成。

看后定会感觉很有难度，猜不出来的原因是字谜是古代的一个人所写，诗中很多术语是古代文言词，本诗应为男孩向女孩求爱时，女孩给男孩的。具体猜谜过程如下：

第一、二两句无需多加解释。

第三句，"胡天八月不飞来"，"能"字的左侧部分极像

"八月"，右侧部分像两个大雁飞来，而这一部分像飞字，又不是飞字；

第四句，"山回路口白草折"应为"与"字，我们来看这个字的写法，上下两部分都是一个发生了偏转的残缺（即"折"之意）的"山"字；

第五句，"寸光不与四时同"应为"丈"字，此字与"寸"字相似，笔画相同，形状类似，但无论何种写法，丈寸又绝不会相同，故作此解；

第六句，接天莲叶，"天"字向上，为"夫"，后面几字，应为意解，后面再讲。

第七句，"千秋一夜归三横"，"千""归"字的各自一部分，加上"横"，应为"有"字（其中，归字右侧加上一横应为月字）；

第八句，"角弓空留马行处"角弓空留，我认为应该留的是"刀"部，留在何处？马行处，而马行处又往往与"戈"字或战场之意相联系，"刀""戈"合为"成"字。

一年轻男孩就要去应征入伍了，临行前，他问了自己一直爱慕的女孩一句话，这是一句一直藏在男孩心里，而又一直不敢说的一句话……"我回来以后，你能嫁给我吗"。

女孩子毕竟是害羞的，她没有直接回答男孩子的问题，然而她又是聪明的，她对男孩子说"如果你猜出了我的谜语，我就答应你"……

而男孩子带着疑惑应征入伍，由于他没有解出这个谜，也或许由于其他种种原因，他没有和这个女孩子来往。等到他退伍归来，并且猜出来这首谜语诗是女孩子对他的深深期望时，女孩子已经结婚了……

从答案"我想能与丈夫有成"来看，这首诗应包含如下的意思：

女孩子是喜欢男孩子的，但是她更希望男孩子能在外面好好锻炼自己，不要只想着儿女私情。她希望男孩子能够锻炼一身本事，将来可以与自己共同创造一番成就。

从诗中"鸟飞去""不归来""白草折""送君去"等语句很明显本诗应为送别之作；而从"有心起""不飞来"等语句又可看出对男孩子的规劝之意——希望男孩安心当兵。而"千秋一夜"一句，有很明显的告诉男主人公"我会等你"这样一个信息。并且我们猜出来的"马行处"应与"戈"（一种武器）字有关，大致可与我们猜测男主人将要去当兵相吻合。

答案二：我想成为你的唯一。

1．2 大家都知道。3.胡天八月不飞来，"不飞来"即"胡天"二字去掉"八月"还剩"古二"，二字合一起是"呈"字谐"成"字。4."山回路中口百草折"，"山回路口"即"十"字"白卓"即"木"字，合起来是"术"字。5.；"寸光不与四时同"即"寸"和"日寺（时繁体）"是不同的，去掉"日"字还有"日"和"土"，即"里"谐"你"字。6.接天连叶送君去"，地平线处与天接的自然是"土"地，"叶"即"也"。"土"连"也"自然是"地"。7.千秋一夜为三横"，从

"秋"字取一竖心旁，"夜"中取一高字头和单人旁，"一"即"竖"再加三横为"惟。" 8."角弓空留马行处"，马与弓字相近，只多一"一"，而"一"在马脚，马行处也暗示了是"一"字。"惟一"和"唯一"本就相同。

我喜欢诗，也喜欢读古人的诗。古诗顾名思义，就是古人写的诗。古诗最早见于诗经，魏晋时期就有流传，盛行于唐代，发展于宋朝，延续于明清。每一时期的古诗都具有独特的表现手法和艺术风格。古人写诗，语言丰富，情趣浓厚。翻阅古人的诗篇，细细品味，你会发现，有的诗就是一条谜语。诗文是谜面，标题则是谜底。不妨列举几首，共读者欣赏。

唐朝诗人李峤写的《风》

解落三秋叶，能开二月花，

过江三尺浪，入竹万杆斜。

秋天的风能扫落叶，春天的风能吹拂花开，风能使江河波澜起伏，风能使竹林唰唰作响。看不见、摸不着、闻不到的"风"在作者笔下，变得如此形象生动，读后仿佛满纸是飒飒的风声，似乎手可以捧、鼻可以闻、耳可以听。短短的四句诗里，没有一句里有"风"字，却让我们感觉到了花开花谢，风生水起。

唐朝诗人罗隐写的《蜂》

不论平地与山尖，无限风光尽被占，

采得百花成蜜后，为谁辛苦为谁甜。

诗中同样没有一个"蜂"字,却把蜜蜂不畏辛劳、忙忙碌碌采蜜的过程写得活灵活现。无论是平地还是山尖,凡是鲜花盛开的地方,都被蜜蜂占领。它们采尽百花酿成蜜后,到头来又是在为谁忙碌?为谁酿造醇香的蜂蜜呢?蜜蜂是为酿蜜而劳苦一生,积累甚多而享受甚少。诗人罗隐着眼于这一点,写出这样一则感人至深的诗的"蜂儿故事"。

北宋诗人苏轼写的《花影》

重重叠叠上瑶台,几度呼童扫不开。

刚被太阳收拾去,却叫明月送将来。

如果不看题目,很难想象写的是什么,这就是谜面。一旦看到诗题便豁然开朗,这就是人们想知道的谜底。一层又一层的花影摇动在亭台之上,几次叫仆人扫都扫不掉。总算是日落西山了,花影渐渐消失,好像被太阳收拾走了。然而,当月亮升起来的时候,花影重新在月光下出现。全诗构思巧妙含蓄,比喻新颖贴切,语言也通俗易懂。反映了诗人嫉恶如仇的态度,而又流露出一种无可奈何的情绪。

明朝诗人于谦写的《石灰吟》

千锤万凿出深山,烈火焚烧若等闲,

粉身碎骨浑不怕,要留清白在人间。

这是一首托物言志诗,托的描述过程就是谜面,所托的物就是谜底。作者以石灰作比喻,表达自己为国尽忠,不怕牺牲的意愿和坚守高洁情操的决心。作为咏物诗，若只是事物的机械实录而不寄寓作者的深意，那就没有多大价值。这首诗的价值就在于处处以石灰自喻，咏石灰即是咏自己磊落的襟怀和崇高的人格。尤其最后一句"要留清白在人间"更是作者在直抒情怀，立志要做纯洁清白的人。

清朝诗人高鼎写的《画》

远看山有色，近听水无声；

春去花还在，人来鸟不惊。

古人作画大多以山水、虫鱼鸟兽位背景。诗人巧妙地利用这一点，看到栩栩如生的画面，即兴诗意。诗句虽短，却意境深远，在动与静间变幻。尽管诗中没有一个画字，却给人惬意的感受。看山、听水、花开、鸟鸣，耐人寻味，是一首绝妙的好诗。

古人的好诗、绝诗很多，我之所以列举这几首，是因为这几首诗是谜面与谜底之间的呼应，手法独特，意境深邃，很容易抓住人的眼球，让读者去思考、去玩味、去体会、去欣赏！以上是在读古人诗作时不经意间捕捉到的，有感而发，本人模仿古人，也写了一首《燕子》，诗文为谜面，诗题为谜底。看看和古人写的是不是一回事。呵呵，弄斧于班门了！

柳叶新荫拂红墙，翎羽掠空过池塘，

丽丽剪尾断碧风，声声脆鸣嘹苍茫。

阡陌相将觅白食，雄雌并翅宿檐梁，

今岁尽随秋色去，明年春又一双双。

谜语也可称之为民间文学形式之一，深受广大群众的亲睐。能否将古诗形式结合于一体，形成雅俗共赏的文学新形式，提高其文学功能，对此，笔者在一个论坛中作了一些尝试，将诗歌的意境和谜语合为一体，以猜本论坛网友名为内容，深受网友的喜爱。这些诗歌尽管不要过分拘泥于平仄和对仗，但也不排除这种方法的运用，对诗歌的普及化有着推介价值。

例一：冰皮化解浪塞人，有家无居马上奔。注入冷光顿生意，抛却群羊思美裙。

谜底是一个网友的名字：水至清（君）。这首诗歌描写内容是：春天到了，牧人们纷纷出外放牧。他们住的是帐篷，没有固定的房子。每当皓月当空的夜晚，一些年轻人连羊群都不顾及，畅想未来的伴侣。

谜底是如何来的呢？"冰皮化解"应一个"水"字。"有家无居"，家室相通，"宀"为房子的象形，"无居"就是没有了房子，得一"至"字。"冷光"隐射"月"字，"清"字拆开像"注""月"。"注入冷光"就指一个"清"字。"群"字抛开"羊"就是"君"字。

例二：初晨日照映霜寒，薄纱高衬笼巫山。朝日盼夫从南返，急应还求情郎欢。

谜底是一个网友的名字：水云顾君。这首诗歌描写的内容是：已进入深冬，快过年了，四川某地一美貌妇女到天亮时还在思念着远在南方打工的丈夫。两人感情虽深，但生理上的需求又难以抵挡住对异性的渴望。它从一个侧面反映了当代农村带普遍性的社会现象。"薄纱相衬笼巫山"，既是实景，也是以借代的手笔比喻女子的美丽。

谜底是这样来的："日照映霜"化为"水"。"巫山笼纱"暗藏"云"。"朝日盼夫"的"盼"字与"顾盼"相并，隐射一个"顾"字。古代称"夫君"、"郎君"，两个字均暗含一个"君"字。

上面表现的是实现生活与情境相联，还有通过猜谜来反映对历史现象的评价。如：

例三：古代高儒尊称何，困窘风茅杜甫歌。轻步上前夹瘦肉，本有斯文视儿呵。

谜底是一个网友的名字"一赵子"。古代对文人墨客的称谓很高，尊称为"子"，它属地支的第一位，为天底下最杰出者，但仅仅得一虚名，生活还极其清寒。杜甫所写的《茅屋为秋风所破歌》也从一个侧面反映了这一现实。而韩愈的《陋室铭》表面上反映的是一种崇高的心态，实际属于无奈的自我解嘲。他们在现实社会上的真正地位其实很低，故有"视儿呵"之叹。

谜底是由此得出："高儒尊称何"隐一个"子"字，为地支的第一位，扩展到数字"一"。"小步"嵌一个"走"字；"瘦小"两字相关联，隐"小"字；"肉"在部首中就写成"月"，故是"小月"组合为"肖"字。"走""肖"组合是为繁体"趙"。"儿子"二字往往相并存，"儿"中暗藏一个

"子"字。

例四：西历三十改前科，莘莘才子不思何。武王天下秦朝灭，改制还需推文哥。

谜底是一个网友的名字"肖学周（兄）"。这首小诗就指出了现代纪元、计时的不合理，古代的纪元计时是最合理的，但一般文人都不知道其合理性，甚至将其视为迷信，于是有"不思何"之叹。除了按六十年一循环外，还应该以月食发生在夏至这一年起第一年，按照序数记录，这才是科学的计时法。故应该将它改过来。这需要科学界人士的努力。尽管秦朝统一了度衡量，但从主观上分析，笔者对秦始皇的暴政极其不满。"武王天下秦朝灭"也表达了我对这种混乱的比喻。

谜底由此得出："西历三十"为小月，应"肖"字。"莘莘才子"藏一个"学"字。"武王天下秦朝灭"应一"周"字。"推文哥"，应一"兄"字。

同一网友名，还可以从多方立意。下面就是笔者根据一个网友名字从历史和现实两方面写的两首小诗。

例五：

焚书专制滥暴赢——"书"隐一个"文"字

问药蓬莱晖太阴——人阴乃月亮的称谓，日与月组成"明"

荆柯执剑无穴点——执有手，柯有木，穴无上面一点，综合为"探"字

揭杆寻头推草民——寻头，循源。"民"与"人"连缀。

例六：

贼心勃发数姬娼——姬娼与文王（姬昌）谐音（文）

月就日将滥寻枪——明。寻者，探也。（明、探）

污浊饮用合不断——源源不断之意（源）

达亨跪送夜来香——达亨归类于（人）

谜底是：文明探源人。第一首诗反映了一个历史事实：实施专制暴政的秦始皇（赢政）将两千多年来的文明付之一炬，古代创造的灿烂文化，以至今日还不能得到有效传承，这是他所犯下的罪孽。但他企望自己长生不老，万世不衰，与日月齐晖，网罗一些从道人物替他炼仙丹，求灵药。最终还是成就了荆柯携剑刺秦王的历史事实，招致陈胜、吴广的揭杆起义。该诗昭示了这样一条规律：践踏文明、不得民心的统治者，必将被民众所唾弃，为历史所不容。

第二首诗反映了这样一个现实：当今极少数好逸恶劳的女人，面对金钱的诱惑走上了离夫弃子之路，或当人家的二奶，或街头接客；极少数富人官宦，也不顾及自身的尊严，成为情色的奴隶，传统的伦理观丧失殆尽。

诗歌和字谜都需要含蓄，太直白不符合古诗的意蕴和中国人传统的文化习惯。要实现这一点，构思上应注重"伪装"，而要实现含蓄，就需要比较广泛的知识作铺垫。

例七：腊月遇友友未牵，捧走牛头欣隐颜。心正莫怕他人笑，唯忧勿端想联翩。

谜底是一个网友的名字"歪歪扭扭"。这里用牛头借代定婚物。这首小诗反映了以往中国农村少男少女彼此相恋的习俗：

即便订了婚，连手都不敢牵，羞羞涩涩，仅仅是内心高兴；面对小孩的逗笑，总觉得做了亏心事一样很难为情；作为女方，一旦定情，就不折不扣地爱上了对方，并对男方产生了无限的联想，生怕对方行为不轨，拈花惹草。

理解这首诗的字谜需要有中国的造字知识和计时知识，还需要有由此及彼的联想和倒装句的知识。除了一句中的倒装外，还存在句与句之间的倒装，如辛弃疾的词"旧时茅店社林边，路转溪桥忽见"，实际就是：路转溪桥，忽见社林边旧时茅店。本诗也采取了这种手法，先写"扭扭"，后写"歪歪"；而"欣隐颜"实际是"颜隐欣"。谜底是由此得出："腊月"为农历十二月，地支建丑，"友"从造字分析，是两手相牵的会意，没有牵手，就是单手，手（扌）与丑组成一"扭"字。由"捧"字要联想到手（扌）；牛是丑的生肖。"捧走牛头"组成另一个"扭"字。"莫"字藏"不"，"正莫"就是由"正""不"组成的"歪"字。"勿端"也是不端正的构成的"歪"字。

谜语要注重情趣，太正规了，就不能体现大众化，从爱情的角度来立意是人类的共同主题，适当增加一些调侃成分，也是必要的。从诗歌的形式来说，除了七字句外，还可以用四字、五字句，甚至用写词的形式，相得益彰，丰富其手法。下面就是以四字句形式拟写的字谜。

例八：七弯八拐，尚存乳巅。到老无后，整日孤怜。两个外儿，一上房间。自怜令郎，思唤不言。

谜底是一个网友的名字"言者无忌"。在这个字谜中，我设计了一个故事——这是表现一个一世单身的老顽童七弯八拐去私交情人，且精力非常旺盛，从"尚存乳巅"体现出来。他虽然帮人家传宗接代了，然而膝下无儿，孤独一人。两个后生来他家串门，但他们并不知道自己的出生竟是老顽童的杰作。而老顽童自然不能将他们直接当作儿子使唤，表现一种落寞的心态。

"七弯八拐，尚存乳巅"——隐一个"言"字。言作偏旁写作"讠"，数字中的"7"字拐。我们平时称两点水，三点水，一点，自然是水不多，为"尚存"；且上"丶"也象形水珠。）水乳相融，藏一"水"字。"到老无后，整日孤怜"——"老"字为"耂"字头，没有下面的"匕"字，比喻无后。加上"日"字就是"者"。"两个外儿，一进房间"——为一个"无"字。下"儿"字不太象，故是外儿。"自怜令郎，思唤不言"——为"忌"字。"自"暗应一个"己"字；忄，同心，查古汉语字典，凡"忄"旁，都查"心"；"怜"字没有令，为不言"令"字。

以上是笔者将诗歌的意境和谜语合为一体的尝试，仅仅起一个抛砖引玉的作用。在《红楼梦》中，赋诗是贵族少男少女主要的文化生活，但他们并没有将字谜融为一体。今天，有了互联网，文化早已进入了大众，运用这种新形式，不仅可以丰富人们的文化生活，而且对中国文字和诗歌的魅力有一个更深入的了解。

在中国传统文化的璀璨天幕上，谜语，从来就是一颗散射着独特魅力的亮星。千百年来，她同中国文化其他形式的艺术一样，也与月亮结下了不解的情缘，流传着无数意趣隽永的涉月之作。

这些"月谜"就总体而论，可分成两大类：以月为谜面者和谜底为月者。或许因为月亮那素华皎洁的美好形象，在人们的脑海间心目中委实太熟稔太深刻了，故而以月为谜底的谜语，其制作固然非易，猜度却不难中的。譬如："明天日全食"，打一"月"字；"中秋菊盛开"，打成语"花好月圆"；"蟾宫曲"，打曲牌名《月儿弯》；"冰轮乍涌"，打电影名《海上升明月》；等等。这类"月谜"，有好些的确机巧飞灵，颇堪击节，但终究由于制作上受到单一谜底的局限，产量远不似以月为谜面的作品之繁之富。而后者，创作空间明显开阔，制谜者的手脚较少束缚，谜语的内涵因之大大扩张，几乎包罗万象，作品也更加精彩纷呈，引人入胜。事实上，这后一类谜作应该被视做"月谜"的主流。

以月为谜面的谜语，不少采取了诗词的句式出现，且又以引用人们熟识的唐诗宋词居多。譬如，以李白的"长安一片月"，打《水浒》人物名"秦明"；以杜甫的"月是故乡明"，打一农业名词·"光照"；以贾岛之句"僧敲月下门"，打外国地名"关岛"；以苏轼所咏"月有阴晴圆缺"，打经济学名词"自负盈亏"；等等，皆属此类。当然，亦不乏拈引现代诗家名句来创作的。毛泽东1950年10月曾写过一首著名的词《浣溪纱·和柳亚子先生》。柳氏原作中有句："歌声唱彻月儿圆"，便被引以射一句唐诗:"此曲只应天上有",谜面扣底,工稳而贴切,端的可圈可点。

许多"月谜"的风格,平易,通俗,焕发出一种质朴的平民气息。比如:"二月平",打一"朋"字;"月与星相依,日和月共存",打一"腥"字;"一对明月毫不残,落在山下左右站",打一"崩"字;"掬水月在手",打成语"掌上明珠";等等。这些"月谜""憨"态可掬,令人有一种亲切感贴近感。也有些"月谜",则显然透露着一股雍容雅致的书卷之气。像"莫使金樽空对月",以"掉尾格"打京剧剧目《夜光杯》;"石头城上月如钩",打《聊斋志异》篇目《金陵乙》;"天涯月正圆",打叶剑英元帅的诗目《远望》;"明月照我还",打晚明文学家"归有光";还有清代留下的一则旧谜"辞家见月两回还",打《四书》一句"望望然去之"。猜射此类"月谜",倘设肚里没有"墨水三分三",恐怕便要像"天狗吃月亮,无从下嘴"了。

有的"月谜"经年传猜,世人兴趣犹浓,不愧为青春长在的"老来俏"。而更多的产生于新时期的作品,又无疑让人在猜玩之余,感受了一番鲜亮的时代风采。譬如,"月涌大江流",打物理学名词二:"冷光"、"波动";"二十五弦弹夜月",打现代文艺形式一:"音乐晚会";"云破月来花弄影",打矿业专用语"露天开采";"我寄愁心与明月",打科技名词"光通讯";等等。如果说,从每一种文化艺术的图版上都可以追寻到历史前行的足印,那末,以上几则"月谜"不也是一个佐证么?

有意思的是，有些"月谜"，同一个谜面，却可以分别隐射数个内涵完全相左的谜底，好比掀起一块同样的红盖头，能够见到几个新娘的不同笑脸。譬如，"举杯邀明月"，既打曲牌名《朝天曲》，又打外国地名二："仰光"、"巴尔干"；复又打成语"唯我独尊"；再打集邮名词"上品"；还打拼音字母四："YOWV"；合计谜底达五个之多，可谓"一谜数射"。而另外的一种现象，也同样有趣——有些"月谜"的谜面与谜底，居然可以彼此"角色互换"而依旧确当，实乃"谜中一奇"。譬如："此曲只应天上有"，打电影名《月牙儿》；"月子弯弯照九州"，打七言唐诗"此曲只应天上有"，即为一例。

尤其值得一提的是，在众多的现代"月谜"中，有不少出自港、澳、台胞以及海外华侨的巧构。譬如，台湾的"天秋月又满"，打食品名"桂圆"；"清流映明月"，打生活日常用语"漂亮"；港澳的"残月斜照影成对"，打一"多"字；泰国华侨的"明月几时有"，打《诗经》一句："三五在东"……咀嚼玩味这一个个"月谜"，你能说那其中没寄托着海外赤子们热盼祖国统一、骨肉团圆的一片殷殷深情?!

"月谜"的话题，诚如冰镜玉璧般的月亮，曼妙动人而叙说不尽。有道是："一轮皓如昼，得意是中秋。"当着那个月朗风清之夜，亲友团坐把酒烹茗之际，且无妨来一个邀月话谜，以谜助兴。相信多姿多彩的"月谜"定然会使你眼中的月亮，比往常更增添了几分妩媚与可爱。

（二）元宵灯谜

第一组

1. 岳老大是不行，老二是不错的。（语文用语）第一自然段

2. 死节从来岂顾勋。（武侠小说用词）绝世轻功

3. 君用一物，足以御狄，安用我等？（对联术语）鹤顶格

4. 子野事迹录于册。（称谓冠姓二）张先生、平书记

5. 指鹿为马，分清趋附之辈。（足球球员连场上动作）高明顺势一拨

6. 田权有争议，须去打官司。（语文教学用语）分不清的地得用法

7. 寻根同祖先，归心盼三通。（字）祷

8. 北派打法变得愈来愈少。（世界军事史名词）越战越南化

9. 此乃吾所以居子之上也。（北魏历史事件）盖吴起义

10. 风光别我苦吟身。（反探骊）要离·春秋人

11. 尘埃不见咸阳桥。（旅游点连省级区划）灰腾梁内蒙

12. 半生的情，半生的泪，半生的痛，半生的追悔莫及。（省份连县）青海大通

13. 亚父定计鸿门宴。（电信用语）增设套餐

14. 因我来迟，赶不上他，我绊了一跌。（千家诗句）尽是刘郎去后栽

15. 董狐直笔堪典范。（明人冠谥号）忠正史可法

16. 铁马冰河入梦来。（商品简称冠商标）联想激打

17. 夺取要塞，补充粮草。（报道用语）据有关资料

18. 然也！其所言非其所思，故唾之。（离合字二）嗯因心口、不一口呸

19. 半樽相送醉离人。（五唐）未休关西卒

20. 若依小人一件事，便敢送去。（港艺员演出用语）许志安

21. 阅历丰富事易成。（歌词）经过多少失败

22. 柳耆卿重义疏财。（国际关系用语）没有永远的朋友，只有永远的利益

23. 无可奈何花落去。（打一日常用语）感谢

24. 品尝杜康樽半空。（花名）棣棠楼得月

25. 楷隶皆融 尚朴为先。（花名）棣棠 掌中沙

26. 杜康庄下犹说帝，怀李堂前每念唐。（花名）棣棠雪梦罗浮

27. 开"大奔"、逐"绝色"、会"要员"。（市招）喷绘

28. 参加前线动员会。（市招）喷绘

29. 红灯停，绿灯行。（软件）彩易通

30. 染于苍则苍，染于黄则黄，所入者变，其色亦变。（软件）彩易通锦水归帆

31. 执子之手共白发，一生未变当如初。（称谓）好拍档

32. 堂前松柏半掩，雪后梅枝子然。（称谓）好拍档楼得月

33. 受尽半生相思苦，为她白首亦心甘。（电影）如果·爱贵一

34. 纵使真的喜欢，也得隔开一点。（电影）如果·爱文山

35. 一骑红尘妃子笑。（电影）如果·爱武骝等

36. 曰："唉！竖子不足与谋。"（三国演义连环画名）小霸王孙策

37. 对遗弃女婴，要负责到底。（奥运会吉祥物名）贝贝

38. 不管风吹雨打，胜似闲庭信步"。（2005流行语）经济自由度

39. "君，舟也；民，水也；水能载舟，亦能覆舟"。（黄易小说）浮沉之主

40. 文史专业不拿手。（日货品牌二，卷帘）精工、理光

41. "故天将降大任于斯人也，必先苦其心志，劳其筋骨，饿其体肤，空乏其身，行拂乱其所为。"（石油地质名词）压力系数

42. "陋室空堂，当年笏满床，衰草枯杨，曾为歌舞场。"（天文学家）赫歇尔一家

43. "今日方才到嘴边"。（华语片世纪百佳）似水流年

44. 唯有相知才结交。（历史名女）吕雉

45. "主公大权，不可委托他人。"（五字广告语）要爽由自己

46. 残梦难眠叶半凋。（河南地名二）民权、周口

47. 夫运筹帷幄之中，决胜于千里之外，吾不如子房；镇国家，抚百姓，给馈饷，吾不如萧何；连百万之军，战必胜，攻必取，吾不如韩信。吾皆能善用之，此吾所以取天下也。（电力管理理念）一强三优

48. "公子庞、乐耳先被擒，公子坚舍命来救，马踬车覆，亦为楚兵所获。"（电力管理理念）三抓一创

49. 一要用心，二要心恒。（企业字号）丰日

50. 几度吾又入西林。（毛笔品名）凤栖梧

51. 参加前线动员会。（市招）喷绘

52. "脱帽露顶争叫呼。"（航天名词）发现号

53. "今也天下之人怨恶其君，视之如寇仇。"（外国电影）全民情敌

54. "饥读之以当肉，寒读之以当裘。"（外国电影）本能

55. "鱼生火，肉生痰，青菜豆腐保平安。"（泰国地名）素可泰

56. 长三角。（影目）斗鸡你的样子

57. 相形之下更狡猾。（四字软件一）比特精灵　陈芝麻

58. 名师出高徒。（四字计生用语）优生优育

59. 衣冠楚楚，俘获芳心。（成语）穿井得人　落叶

60. 曾经为爱伤透了心。"（三字常言）有创意　祝羽

61. 今日秋尽。（射中药名一）（明天冬）

62. 仲尼日月。（射古人名一）（孔明）

63. 落花满地不惊心。（射晋人名一）（谢安）

64. 降落伞。（射古人名一）（张飞）

65. 仲尼日月也。（射成语一句）（一孔之见）

66. 南北安全，左右倾斜。（射成语一句）（东倒西歪）

67. 西施脸上出天花。（射成语一句）（美中不足）

68. 五句话。（射成语一句）（三言两语）

69. 心无二用。（射成语一句）（一心一意）

70. 游泳比赛。（射成语一句）（力争上游）

71. 万年青。（射成语一句）（长生不老）

72. 除夕守岁。（射论语一句）（终夜不寝）

73. 劝君更尽一杯酒。（射离合字一）（口口回）

74. 朱门美脯臭。（射离合字一）（府肉腐）

75. 十五天。（射国字一）（胖）

76. 十个哥哥。（射国字一）（克）

77. 两人十四个心。（射国字一）（德）

78. 上无兄长。（射国字一）（歌）

79. 多一半。（射国字一）（夕）

80. 半部春秋。（射国字一）（秦）

81. 岳父大人。（射国字一）（仗）

82. 草上飞。（射国字一）（早）

83. 春去也，花落无言。（射国字一）（榭）

84. 今朝泪如雨。（射国字一）（漳）

85. 一家十一口。（射国字一）（吉）

86. 是非只为多开口。（射国字一）（匪）

87. 弄璋之喜。（射国字一）（甥）

88. 中央一条狗，上下四个口。（射国字一）（器）

89. 一家有四口，还要养只狗。（射国字一）（器）

90. 说他忘，他没忘，心眼长在一边上。　（射国字一）
（忙）

91. 一家十一口（射朝代一）（周）

92. 人者何所乐。（射大陆地名一）（应山）

93. 锄禾日当午。（射大陆地名一）（田阳）

94. 永久和平。（射大陆地名一）（长安）

95. 黄昏。（射大陆地名一）（洛阳）

96. 一路平安。（射大陆地名一）（旅顺）

97. 武陵人。（射台湾地名一）（仁武）

98. 四季花开。（射台湾地名一）（恒春）

99. 四季如春。（射台湾地名一）（恒春）

100. 山明水秀。（射台湾地名一）（景美）

101. 北军归顺。（射台湾地名一）（南投）

102. 南军归顺。（射台湾地名一）（北投）

103. 君子之文。（射台湾地名一）（淡水）

104. 改邪归正。（射台湾地名一）（善化）

105. 开张大吉。（射台湾地名一）（新店）

106. 饮水思源。（射台湾地名一）（知本）

107. 玉皇太后。（射台湾地名一）（天母）

108. 空中霸王。（射台湾地名一）（高雄）

109. 雨后春笋。（射台湾地名一）（新竹）

110. 狼来了。（射台湾地名一）（杨梅）

111. 无盐。（射台湾地名一）（淡水）

112. 开张大吉。（射台湾地名一）（新店）

113. 万世太平。（射台湾地名一）（永和）

114. 怀胎十月。（射台中县地名一）（大肚）

115. 沃野千里。（射台中县地名一）（丰原）

116. 云中岳。（射台中县地名一）（雾峰）

117. 山在虚无飘渺间。（射台中县地名一）（雾峰）

118. 白昼无光。（射台中县地名一）（乌日）

119. 老人扛轿。（射台中县地名一）（白毛台）

120. 没有脚、没有手，背起房子就会走。（射动物一）（蜗牛）

121. 南阳诸葛亮，坐在将军帐，排成八卦阵，要捉飞来将。（射动物一）（蜘蛛）

122. 日出满山去，黄昏归满堂，年年出新主，日日采花郎。（射动物一）（蜜蜂）

123. 两兄弟，手拉手，一个转，一个留。（射文具用品一）（圆规）

124. 一声呼出喜怒哀乐，十指摇动古今事由（射传统戏一）（布袋戏）

125. 在欉黄。（射闽南话歇后语一）（无稳）

126. 葫芦墩白米。（射闽南话歇后语一）（无错）（无糙）

127. 归欉好好。（射闽南话歇后语一）（无错）（无锉）

128. 阿哥住楼顶。（射闽南话歇后语一）（高高在上）（哥哥在上）

129. 卖鸭卵车倒担。（射闽南话歇后语一）（看破）

130. 鸭卵掷过山。（射闽南话歇后语一）（看破）

131. 鲁迅逝世一世纪。（打一成语）百年树人

132. 建国方略。（打一字）玉

133. 七仙女嫁出去一个（打一成语）六神无主

134. 拍一个巴掌（打一地名）五指山

135. 什么动物行也是坐，坐也是坐，睡也是坐？（打一动物）青蛙

136. 石头旁边有块皮。（打一字）破

137. 去竞赛原是笨狗。（NBA球员）毕比

138. 成绩棒总是闲云。（西游记地名）高老庄

139. 受感动全是汉子。（物理名词）激光束

140. 喊声长定是烟烟。（复姓二）呼延/段干

141. 小小诸葛亮，独坐军中帐，摆成八卦阵，专抓飞来将。（常见动物）蜘蛛

142. 爷爷当先锋。（南北朝人名）祖冲之

143. 又一个星期。（古代文献名）周易

144. 盼天明。（欧洲首都）巴黎

145. 无头无尾一亩田。（动物）狗

146．绝妙好言。（动物）狼狗

147．一年四季是春天。（城市名）长春

148．人言此山天外来。（打一个书名）岳飞传

149．羌音打破苍暮声。（打一个字）枪

150．鲁迅逝世一世纪。（打一成语）百年树人

151．建国方略。（打一字）玉

152．七仙女嫁出去一个。（打一成语）六神无主

153．拍一个巴掌。（打一地名）五指山

154．石头旁边有块皮。（打一字）破

155．柳拂翠首携幼主。（打两字）羽樱

156．桥头佳人相道别。（打一字）樱

157．相依相伴对残月。（打一字）羽

158．瞳孔遇光能大小，唱起歌来妙妙妙，夜半巡逻不需灯，四处畅行难不倒。（打一动物）猫

159．头带两根雄鸡毛，身穿一件绿衣袍，手握两把锯尺刀，小虫见了拼命逃。（打一小动物）螳螂

160．上上下下，不上不下。（猜一字）卡

161．姚明一溜烟。（打一体育词语）男子长跑

162．书签。（猜一字）颊

163．中山立志振华夏。（古书目）文心雕龙

164．出水芙蓉。（猜花名）荷花

165．哑姑。（打一成语）妙不可言

166．一点不假。（旅游胜地名）滇池

167. 行行重行行。（河南地名）漯河

168. 十分精巧。（广东地名）湛江

169. 洞房花烛夜。（中药名）桔梗

170. 国际第一。（司法名词）扣押

171. 儿童不宜。（猜数学用语）无限大

172. 地狱狭窄。（猜两字）小区

173. 悬崖勒缰。（猜一国家名）危地马拉

174. 七六。（打一国家名称）希腊

175. 七。（打一日常生活用品）皂

176. 愿用家财万贯，买个太阳不下山。（四字教育用语）
自费留日

177. 公主出世。（礼貌用语）贵姓

178. 吕奉先雄心十足。（猜时人一）布什

179. 不难分解。锦（打一昆虫）蜥蜴

180. 板门店和谈。（猜一成语）美不胜收

181. 夜半新月挂枝头。（猜一字）季

182. 芳龄几何。（猜一古人名）盘庚

183. 昨日之日不可留。（猜一国家名）乍得

184. 可。（猜 集邮名词）四联方

185. 人生七十古来稀。（猜一成语卷帘格）少年老成

186. 大漠孤烟直，长河落日圆。（猜一成语）风平浪静

187. 江郎才尽。（打一离合字）文思惫

188. 牲。（猜中药名二）牵牛．独活

189. 频哭上苍何不应。（猜中药名二（2/2））苦参、天麻
190. 聚餐。（猜金融名词一）进口合同
191. 勇一半，谋一半。（猜字）诵

（三）对联谜

1. 对联谜：

石面苔痕花上露（古美人名）绿珠　　桥头峰影雪边人（昆曲人名）梁山伯

燕来燕去成双偶（戏名）春秋配　　花谢花飞话别离（幼学一句）落落乃不合之词

龙井一壶相对啜　古梅半树卷帘看（食物）杏仁茶

料是个侬郎有意　故将眼底藉传情（聊目）爱奴、瞳人语

一自汉家骖乘祸　编诗怕诵黍离篇（病症名词）霍乱、伤风

旧识此碑题自蔡　新辞有饭吃从黎（古女）曹大家

酬庸赐建熔山厂　修禊欣开曲水觞（聊目）钱流

天上麒麟原有价　人间兄弟让无多（聊目）种梨

鳞鳞水映千丝活　淡淡人情半纸讥（聊目）柳秀才

春笑秋愁冬似睡　梅疏菊瘦竹疑无（聊目）山神

万籁虚空鸥点白　一天风雨雁来红（聊目）素秋

似此须眉初幻世　笑他粉墨总登场（铎目）镜戏

鸡鸣莫谓无封号　獭祭犹当有出身（铎目）盗帅

三月残红春已暮　六朝金粉井犹寒（六才）落花满地胭脂冷

沾泥朱展三三径　傍砌青苔个个圆（聊目）雨钱

却慕双栖梁上鸟　更悲独伴中山狼（电影）飞燕迎春

夏月野塘君子操　春风幽谷美人魂（国名）荷兰

碾成玉粒能充腹　配合卵珠便结胎（中药）谷精子

江上钓鱼惟此老（词牌名．渔父）　厕中化彘是何人（词牌名．戚氏）

一骑红尘妃子笑（词牌名．荔枝香近）　半窗凉月旅人愁（词牌名．秋思）

已遣乌衣为寄信（书名．燕子笺）　更教红叶与通情（书名．韩诗外传）

眼中余子称谁氏（古僧名．无可）　天下苍生误此人（古僧名．道衍）。

澄心自可行虚白（古僧名．怀素）　拔脚居然脱软红（古僧名．无垢）。

烟花明月吹箫夜（词调名．梦扬州）　风雨重阳落帽时（词调名．龙山会）

故人西出歌声咽　大将南征胆气豪（戏名．'折柳'、'阳关'、'北诈'）

评量玉尺群芳谱　载取珊瑚聚宝盆（书名《品花宝鉴》、《书画舫》）

黄巾起义遭分化　赤壁鏖兵凭火攻（二）解张、斗成然

魏武挥鞭临碣石　浩然回梓掩园扉（二）司马睢、孟之反

已辞驵侩牙商职　长作疏财仗义人（二）介之推、施之常

将帅设防排阵势　士兵备战卫边陲（二）列御寇、斗御疆

晋文退旅避三舍　杨震辞金畏四知（三）督戎、豫让、杜原款

随遇而安无挂闷　同心互助不营私（三）逢盖、乐耳、齐襄公

冯煖底事三弹铗　宁戚缘何独扣歌（三）申无宇、由余、任好

荷尽已无擎雨盖　菊残犹有傲霜枝（四）华秀老、田光、黄歇、余干

一生尽职为清吏　三代读书兼务农（四）向为人、廉颇、公孙子都、文种

破釜沉舟求不败　守株待兔必无成（四，一脱靴格）杜回、后胜。柳下惠、乌获（惠字脱掉）

伏枥犹怀千里志　呈祥尚记四灵魁（马麟）

举旗兴汉称高祖　起义平隋号太宗（刘唐）

东吴立国君王姓　西汉篡权朝代名（孙新）

夜间喜得梦熊兆　边境欣闻奏凯歌（丁得胜）

济贫救苦千家惠　颂德歌功万口碑（施恩、宣赞）

一寸功劳求厚禄　万言演讲夺元魁（索超、白胜）

挟帝奸雄堪作主　放牛孺子亦成王（魏定国、朱贵）

一片风光留眼底　八方道路达寰中（段景住、周通）

东楼观潮

书画皆题世蕃字；海天遥望子胥来

七星步月

北斗横斜挹浆酒；中庭踯躅踏空明

古刹梵唱

禅房花木通幽径；佛殿磬钟随呗音

莲花午照

再思谀赞六郎貌；曹霸图传群马神

渔庄晚眺

园改蠡名邻碧漾；车驱高望近黄昏

府楼钟声

阅江须记应天好；夜泊遥听临水佳

西园赏菊

追游飞盖宴清夜；把酒卷帘醉黄昏

奎阁腾辉

楼奉枢星文耀彩；气冲牛斗剑生光

石夫人

难寻芳草萋芊处；只在峣峰峻峭间称兄米芾山呼拜；荫姊
杨妃国号封

五龙山

渡泸丞相驱兵月；孰处参军落帽风

太湖山

地陷东南存震泽；天倾西北柱昆仑

南嵩岩

为求寓意离中岳；却向矶头望北山

流庆寺

放舟随水歌新世；近日临书忆旧时

楼旗尖

布染红黄飘阁上；字分小大见书中

红岩背

丹崖圣地成书颂；宏著名篇掩卷吟

太平双溪

李昉集文编广记；易安闻说泛轻舟

长屿硐天

修水流中存小岛；矿岩坑上见青冥

石箸渔村

矶头落筝惹丝钓；屋顶炊烟招布帆

松门滨海

大夫官高应有第；重溟水淼若无涯

寒坑龙潭

儒生埋后书灰冷；天子崩茔渊水深

江厦森林公园

文通大夫登楼别；五柳先生共众游

钟情尽在昆仑上 （爱奴）

美意长留汇泽间 （鄱阳神）

帘外碧渠清入眼 （丁前溪） 望中远岫细如眉 （阿纤）

八戒言多非自我 （猪嘴道人）

唐僧难尽数春秋 （陈云栖）

红娘安乐窝中待 （邵女）

白者幽田舍下临 （耳中人）

亭亭银杏骄阳烈 （公孙夏）

寂寂金湖落日圆 （钱流）

国色天香萧寺内 （王桂庵）

释流学侣古庵中 （酒友）

窦娥负屈天飞白 （聊目二） 冤狱，夏雪

商子欠钱笔染红 （聊目二） 贾儿，赤字

心牵谷籽能抽叶 （聊目二） 念秧，苗生

实告杨枝已发芽 （聊目三） 果报，细柳，叶生

翻来覆去不言己 （聊目一） 颠道人

墨舞毫挥只写君 （聊目一） 司文郎

地府阴曹无假佛 （聊目一） 死僧

人问天上有真神 （聊目一） 巩仙

携儿牵宠充西席 （聊目一） 狮子

上任当官带高堂 （聊目一） 宦娘

建业故城逢好合 （聊目一） 金陵女子

邯郸旧梦又重圆 （聊目一） 续黄粱

牵驴走马上江西 （沪）

乘轿驱车归蓟北 （荞）

隐约山岩笼远树 （耆）

朦胧泉水挂高天 （百）

几处鸡声还旭日 （杂）

半潭鸿影伴斜阳 （湜）

闺门紧锁伏犬走 （佳）

村树环绕小雀飞 （难）

杨梅江外啼鹃歇 （潜）

松柏庭前鸣鸟飞 （嘛）

楚尾吴头临直水 （字一）　泾

争先恐后上横山 （字一）　急

心系双方同一线 （字一）　患

念悬两岸未三通 （字一）　菲

离别亲人舟去速 （字一）　辣

虚无劲力我行徐 （字一）　径

咸得异心牵左近 （字一）　憾

萌将奇念逐高低 （字一）　朝

闽中多艳色 （字一）　蚌

宋后出佳人 （字一）　桂

1 铜锣木叶竹萧子，紫菀红梅白玉兰。（成语）有声有色

2 堤畔梅枝秀，村头春色浓 （奥运冠军）杜婧

3 心如撞鹿身中跃 （骊珠）体育动作、跳

文似涌泉笔下流（植物）汶竹

4 铜锣木叶竹萧子，（成语）吹吹打打

紫菀红梅白玉兰。（酒名）三花

5 欲觅梅花先问雪（古代复姓）白鹿

为寻燕子早迎春（摩梭人建筑）花楼

诗钟谜

诗钟题：雪丹（凤顶。嵌入联中首字。题字取自谜友名字）

6 雪花飞舞梅花绽（濒危动物）白鹿

丹桂飘香玉桂开（网络言情小说）双色花

诗钟题：为情（凤顶。嵌入联中首字。题字取自本人谜号）

7 为思雅字结联句（科技名词．下楼格）对比度

情愿荆妻伴佛经（隐目格）书．亲亲爱人

诗钟题：雁讯友情（碎锦。分散嵌入联中）

8 上空雁字传秋讯（字）宿

横笛友声诉客情（字）酉

有一种叫做"福州双谜"的对联谜，曾于十九世纪中叶流行于福州一带，以福州方言谐音成谜。后有人对这种谜进行改革，摒弃了方言的束缚，走出了地域的限制。"福州双谜"的谜面和谜底各有两句，谜面是对联，谜底也必须对仗。谜面一般为二字对、三字对、四字对、五字对、七字对或八字对不等，谜底则取一字、二字、三字或四字作对。

清代名人林则徐就曾作过这样一则谜：

心欲春风还李者，眼穿秋水种杨人（古人二）桃应、柳盼

解析：谜面是一副七字对联，上下联分别会意扣合谜底
"桃应、柳盼"。"桃、柳""应、盼"分别对仗。

再如当代人制作的福州双谜：高山红艳，小屿苍茫（城市
二）

谜底：赤峰、青岛解析：谜面是一副四字对联，"高山"扣
"峰"、"红艳"扣"赤"；"小屿"扣"岛"、"苍茫"扣
"青"。谜底"赤峰，青岛"为二字对。

2. 对联诗谜

①明代文学家杨慎幼年时才思敏捷，出言不凡。有一年元
宵节，杨慎的父亲大宴宾客，当夜恰逢乌云满天，不见星月光
辉，有位来客便出一联道：元宵不见月，点几盏灯为山河生色。
众人拍掌称妙，可一时间竟无人续出下联。正在为难之际，杨
慎想到当天恰好是惊蛰，又听到隔壁传来阵阵鼓声，于是上前
对出下联。众人听了，称为佳对。到底杨慎对的下联是怎样的？
请你猜一猜。

（答案：惊蛰未闻雷，击数声鼓代天地宣威。）

②明代文学家杨慎，自幼勤奋好学。一次，他遵旨随父进
京面见皇上。时值寒冬，火盆中炭火正红，皇上出上联：炭黑
火红灰似雪。说完，笑望群臣，等候回答。顿时，殿前一面沉
寂。杨慎沉思片刻，想起家中的白米饭，便说："我来对！"只
见他上前施礼，从容对出下联。皇上听了拍手叫好，众臣也齐

声夸赞。请你猜一猜，杨慎对的下联是怎样的？

（答案：谷黄米白饭如霜。）

③清代文学家李调元年轻时即能应声作对，随口吟诗。一年春天，李调元随父亲李化楠出外散步。父亲有意考考儿子，便对儿子说："我出个上联，你对对看。"随即念道：蜘蛛有网难罗雀。李调元以为父亲问他的抱负，便以蚯蚓为题对出下联。李化楠听了，不禁点头微笑。你猜猜，李调元对的下联是怎样的？

（答案：蚯蚓无鳞欲成龙。）

④申时行是明代江苏长洲人，曾受聘为塾师。主人见他贫寒不想用他，还出句讥讽说：何方野鸟，敢从梅树借栖身。申时行不甘受辱，便以"蛟龙"自比，怒而作答。主人一听，觉得他不仅有才学，而且抱负不凡，于是谢罪请他留下来。请你想一想，申时行的对句是怎样的？

（答案：有志蛟龙，偏向海门来现爪。）

⑤有一年夏天，祝枝山与友人在林荫道上漫步，但见荷池中绿叶如盖，鱼儿都纷纷游到荷叶下乘凉。祝枝山于是出了上联：池中荷叶鱼儿伞。友人正在思索，这时，恰好有一个老乞丐路过，听见他们正在对对联，便想到自己棉被里的虱子，随即应了一联。祝枝山听了乞丐的下联，十分欣赏，马上解囊相助。你想想，究竟老乞丐是怎样对下联的呢？

（答案：被里棉花虱子巢。）

⑥郭沫若文思敏捷，善赋对联。一次，郭沫若和夫人于立

群等人游普陀山。当一行人来到佛顶山上的慧济寺时，郭老触景生情，说："我出个上联，看看你们能否对上来。这上联是：佛顶山顶佛。"这是一个回文对，过了好久，也没有人想出该怎么对。当他们下山经过云扶石时，于立群突然高兴地说："我有下联了……"你知道于立群对的下联是什么吗？

（答案：云扶石扶云）

⑦明朝时候，江西吉水出了一个有名的才子叫解缙。一日，住在附近的曹尚书派人去请解缙入府相见，要与他比试比试。曹尚书用手指着摆在桌上的一副象棋，出句曰：天当棋盘星当子，谁人敢下？解缙知道曹尚书有意为难自己，不过，他觉得这个上联不错，想到琴棋书画是文人雅兴，便以"琴"对"棋"，答出下联。曹尚书听了，不禁哑口无言。请你想一想，解缙对的下联是怎样的？

（答案：地作琵琶路作弦，哪个能弹！）

⑧西游记作者吴承恩，小时候家境贫穷。当时有个大贪官，整天为非作歹。吴承恩为了帮老百姓出口恶气，就在他家门上题了一副对联：

上联：皇兴大粮行

下联：慈夙楚城扬

横批：去四首

这副看似吉利的对联，其实是在讽刺那位贪官。你看得出来吗？

3. 有趣的对联谜

陶然亭是清代名亭，现为中国的四大历史名亭之一。清康熙三十四年（1695 年），工部郎中江藻奉命监理黑窑厂，他在慈悲庵西部构筑了一座小亭，并取白居易诗"更待菊黄家酿熟，与君一醉一陶然"句中的"陶然"二字为亭命名。陶然亭公园以及陶然亭地区名称就是以此得名的。这座小亭颇受文人墨客的青睐，被誉为"周侯藉卉之所，右军修禊之地"，更被全国各地来京的文人视为必游之地。清代 200 余年间，此亭享誉经久，长盛不衰，成为都中一胜。

陶然亭面阔三间，进深一间半，面积 90 平方米。亭上有苏式彩绘，屋内梁栋饰有山水花鸟彩画。两根大梁上绘《彩菊》、《八仙过海》、《太白醉酒》、《刘海戏金蟾》，亭上有三大匾，一是建亭人江藻亲笔提写，一是取齐白石《西江月·重上陶然亭望西山》词，还有一块是郭沫若题"陶然亭公园"门额中字，东向门柱上悬"似闻陶令开三径，来与弥陀共一龛"。此联是林则徐书写。旧联无存，现在的楹联是由当代书法家黄苗子重书。亭间分别悬挂"慧眼光中，开半亩红莲碧沼，烟花象外，坐一堂白月清风"。现在对联是现代书法家康雍书写。"烟藏古寺无人到，树倚深堂有月来"，此联是翁方纲所撰，光绪年间慈悲庵的主持僧静明请光绪皇帝的老师翁同龢重写。

翁方纲（1733—1818），字正三，号覃溪，清顺天大兴（今属北京）人。乾隆进士。官至内阁学士。有《梦园丛集》等。古寺：园内元代所建之慈悲庵。深堂：指慈悲庵的殿堂。联语在幽静二字上着墨，"无人到"却"有月来"，这幽静雅致之所，自然是诗人墨客喜欢来此聚会吟咏的好地方。为此名联配谜：

　　烟藏古寺无人到（重庆旅游景点）玄空庙/杏林虎

　　树倚深堂有月来（生僻字）膔/杏林虎

　　此上联"烟藏"二字自然营造了一种幽深、神秘的感觉，故扣底"玄"字；"古寺"，俗称庙，其实"寺"与"庙"严格来说还是有些区别的，"寺"中一般供的是佛、菩萨之类的大觉者，"庙"里供奉的是神明、老爷之类，佛教说他们属于鬼道的，民间常混淆两者的区别，"寺""庙"不分，甚至混称"寺庙"的，这里从民俗说法，以"寺"扣"庙"；"无人到"自然是"空"了。所以整句扣底"玄空庙"还是成立的，至于要不要加"掉尾格"？问题不是很大。

　　下联"树"扣"木"，乃同义相借；"深堂"扣"口"，是取方位法为用，虽然不是很贴切，但这样扣合的谜例还是有不少的，谅能通过；"有月来"直企"月"；组合成"膔"字，此字见于《康熙字典》之"未集下·肉字部"，音 cù。不是我生造，因不是常用字，所以标目"生僻字"。

　　为此联配谜时，先从下联着手，当时觅得字素"木""口""月"，凭感觉应该有"月"加"困"的字，但搜狗拼音中打不出，就百度了在线字典，找到"月"偏旁，结果"月+困"没

有，看到"胰"字，有点喜出望外。再回头看上联，似乎有个
"侍"字可以扣出后五字，但"烟藏"二字实在不可抛荒，只
好放弃字谜的努力，转为会意法，百度中输入"空庙"搜索，
找到"玄空庙"能够解释得通，只好两句分扣两个不同的谜目、
谜底了。

　　六孔吐七音，婉转悠扬千种味
　　三更传两地，迷离恍惚一场空
　　———己丑岁夏．子衿

一网名为"后来"的谜友从别的论坛转来一联，原文如下：
谜语联；

　　数声吹起羌家月
　　一梦招来巫女云

　　这个不用指明就知道是打什么了。谁能用同一谜底另作一
副对联？
　　据"后来"谜友称，此为对联谜，其实谬也。此乃一流传
颇广的经典名联，已被人改动过，以讹传讹，以至于斯。虽只
动了四字，却有失原联韵味。若作为对联谜使用，上联犹可，
下联却写白了，不成谜。原联如下：

数声吹起湘江月

一枕招来巫峡云

上联仅仅言吹，却未具体指吹什么，但通过"数声"、"吹"等提示，很自然地让人联想到那激越清扬的笛声，是以隐一"笛"字。下联通过"一枕"提示，亦很容易让人联想到"一枕黄粱"之类的典故，是以隐一"梦"字。全联意境幽远，令人心动。

斗胆效颦，乃作此联供谜友一乐。

谜语是我国特有的一种雅俗共赏的文字游戏，是广大群众喜闻乐见的一种文化娱乐活动。其谜面的制作方式是多种多样的，用对联制成的谜语一般称为对联谜。构成谜面的对联有时是借用现成的，有时是由制谜人根据谜底的需要制作。对联谜是对联和谜语相结合的产物，做到了谜就是联，联就是谜，二者相得益彰，水乳交融。

下面有几则对联谜，请你猜猜看！

①白蛇过江头顶一轮红日

青龙挂壁身披万点金星　打用物二

②剖开舟两叶内载黄金白玉

打破坛一个中藏玛瑙珍珠　打食品二

③人说多子为好

我言少生为妙　打一字

④难凭只手存南宋

能使双眸复大明　打宋人一、用物一

⑤爆竹一声除旧

桃符万象更新　打报刊用语一

⑥华夏繁荣昌盛

神州兴旺腾飞　打古文篇目一

⑦月上柳梢头

人约黄昏后　打外交名词一

（谜底：①灯芯、秤杆②咸蛋、石榴③女④文天祥、眼镜⑤转载⑥隆中对⑦照会）

灯谜是中国文字游戏中的一大特色，尤其是以诗词、对联写谜面的灯谜，虽写数不多，但大多十分精彩，给人以诗味美感，教人沉思而神往。如《红楼梦》中宝玉制作的四言诗"镜子"谜："南面而坐，北面而朝，象忧亦忧，象喜亦喜。"脂本中无此谜语，是后人补作的，用意也很明显，用人和镜影暗示宝、黛间的哀乐与共，以及两人镜花水月般的情爱关系。

五言谜如李白《秋浦歌十七首》之十四："炉火照天地，红星乱紫烟。赧郎明月夜，歌曲动寒川。"它生动地描绘出了唐代冶金炼铁者的形象与情景：炉火映红脸庞，高歌震撼山川。

据清代墨浪子《西湖佳话》记述：明代名臣于谦在富阳山中读书时，有一天闲步石灰窑，看到烧石灰的场面，吟得一诗："千锤万击出深山，烈火焚烧若等闲；粉身碎骨全不顾，要留清白在人间。"这是首著名的谜语诗。

以词写谜面的灯谜当推这首词："想当年，生在深山，绿叶婆娑；自归郎手，青少黄多，历经了多少风波，受尽了无数折磨，莫提起，提起来泪洒江河！"谜底是撑船的竹篙。细嚼其佳词妙语，写得何等贴切真挚。

4. 评析半山人对联谜

倒影空山云聚会　弯钩新月叶翻飞（啤酒品牌）贝克　半山人作

对联难做，就连秦少游都有被难住的时候！对联谜更难做了！可半山人这副对联，不仅对得工，且入了谜，可谓难上加难也没难住他，而且是一则不错的对联谜。

先说对联。上联描绘了一幅水、天、山、云的清丽画：连绵群山映照在清澈的水里，倒影可鉴。此时，风吹动着云，云翩翩而来聚……不写水而说"倒影"，没写风而"云聚会"，静中有动，动寓于静；实中有虚，虚实相生——很得王羲之"意在笔先，然后作字"三昧。再看下联：夜幕降临了，一钩新月当空，风儿更大了，树叶飘转着……冷峻画面，在上联清丽中平添几分萧肃。画法与上连一样，不写风，从"叶翻飞"而知；以天上一钩新月为背景，倏地一股凉气升腾……统观画面，随着时间推移，充分写出了际遇苍凉心境。

有道是，"酒能祛百虑"（陶渊明《九日闲居》句），此时，来点酒是最惬意不过的了！好，就来"贝克"啤酒！这里就要讲讲这对联是如何入谜的了。"空山"即"山"的中间一竖没

（空）了，再成"倒影"即成"冂"；"云聚会"，就是说有个"云"就是"会"，得个"人"；再将"冂""人"合为"贝"。下联的"弯钩"即"乚"；"新月"以"丿"象形；"叶翻飞"即"叶"翻过来成了"古"；最后将"古""丿""乚"合成"克"。于是，啤酒"贝克"就端到你的面前了！此际，经谜人魔杖一挥，当贝克啤酒下肚时，你不觉得"好爽"吗?!

综观此联谜，诗情画意联中赏，巧手成谜字里藏！联对工而意境美，隐言妙而愁怀消！我们不能不佩服联谜作者的老到功夫！

5. 对联谜与提性词浅析

前几年，谜坛上开展了一场对联谜的探讨，笔者曾就对联谜与提性词略抒管见，今不揣冒昧再次作一浅析。

目前，谜坛上称之为"对联谜"的有两种形式：

1，谜面是标准的对联语句，分别书写于一对条幅上，即文学艺术品性质的对联，可以说是窄义的对联。

2，谜面是文学体裁形式的对联语句，而非文学艺术品性质的对联。显然，前一种对联谜是属于"花色谜"中的物品谜，而后一种只是普通的文字谜。

普通文字谜的谜面可以是文字组合的各种形式，如字，常用词，专业名词，成语，诗词，歌词等等，也可以是对联句，只是为了成谜的需要而选择，这种形式无需以提性词来表达，只要拢尽谜面文义即可。假如强求普通文字谜以对联语句时必须应用提性词，那么诗句，歌词也要应用提性词，其他任何一种文字体裁形式都应该用提性词，否则何必苛求于对联呢？因此，笔者以为：如果谜面只是文学体裁形式的对联语句，它只是普通文字谜，成谜不需要加用提性词，这是无庸置疑的。但是，世界上任何事物都不是绝对的，换一个认识角度，提性词能否作为一种创作方法——题外暗扣（即类似隐目格的谜面全条隐目），值得进一步探讨。对此，笔者愚见：如果谜面不能拢尽谜底文义，而谜底的闲字剩义又正好是对联谜的提性词范围内，那么为了成谜的需要，应用一下暗扣，拢尽闲字剩义又何尝不可呢？只是这种创作方式只能作为其特殊形式，而不宜作为普遍的形式。

当谜面是一副文学艺术品的对联时，即花色谜中的物品谜时，成谜是否必须应用提性词呢？这个问题的探讨就不能局限于"对联谜"了。

灯谜是以文字的文义入谜的，在花色谜中，非文字文义的部分可以不入谜，也可以根据谜的需要而入谜，目前谜坛确实不统一。其原因是多方面的：1，历史的遗留因素，约定俗成；2，名人的作用影响，仿效成风；3，灯谜的基础理论还不系统完整，无理可依；4，对灯谜的认识角度不同，各执一词。例如：画谜、音像谜等基本不用提性词，而印章谜、电报谜等几乎都用提性词，而邮票谜、对联谜则有的用提性词，有的不用提性词，同是花色谜，为什么提性词应用混乱不一？这个问题，我们不能在理论上回避，应当认真研究探讨。

花色谜中有两种类型：

一，变异性文字谜，如印章谜、红谜、书法谜等等，也包括"对联谜"，这种类型的灯谜，因为谜面文字或者字形变化，颜色变化，或者附加了特殊的装饰，故称为"变异性文字谜"。这种谜主要也是以谜面文字的文义成谜的，这与普通文字谜是相同的。但是，既然出现了字形变化，颜色变化或附加装饰的不同，就应当有别于普通文字谜，而作为体现该"花色"的结构——提性词，应当在谜中体现出来，以与普通文字谜相区别，若不加用提性词，又何必采用这种花色呢？显然，变异性文字谜，是普通文字谜的特殊形式，成谜时应当用提性词。因此花色谜中的"对联谜"，成谜时也应当加用提性词。

二，抽象性文字谜，如画谜、音像谜、动作谜等，这类谜是以谜面内容的抽象性文字含义而成谜的。有关这类谜的提性词的应用，笔者另选专文探讨，这里不予展开。

综上所述，笔者以为：谜面只是对联语句的普通文字谜时，成谜不必加用提性词，但若为成谜需要，如为了改造闲字，用题外暗扣而加用提性词也可以，不必苛求。当谜面是花色谜中的"对联谜"时，成谜必须加用提性词，否则就不要采用这种"花色"，不如改用普通文字谜而简洁明了。

（四）字谜

1. 皇帝新衣——袭

2. 一流水准——淮

3. 石达开——研

4. 拱猪入门——阄

5. 格外大方——回

6. 走出深闺人结识——佳

7. 一千零一夜——歼

8. 七十二小时——晶

9. 床前明月光——旷

10. 需要一半，留下一半——雷

11. 一口咬住多半截——名

12. 一月一日非今天——明

13. 要一半，扔一半——奶

14. 综合门市——闹

15. 不是冤家也碰头——硼

16. 上气接下气——乞

17. 四方来合作，贡献大一点——器

18. 贪前稍变就成穷——贫

19. 半布春秋——秦

20. 银川——泉

21. 一来再来——冉

22. 守门员——闪

23. 有人偷车——输

24. 酿酒之后隔日香

25. 半青半紫——素

26. 自己——体

27. 秀才翘尾巴——秃

28. 重点支援大西北——头

29. 身残心不残. ——息

30. 十八乘六——校

31. 一勾心月伴三星——心

32. 一撇一竖一点——压

33. 八字头——学

34. 千里挑一，百里挑一——伯

35. 群雁追舟—巡 2110——言

36. 4 个人搬个木头——杰

37. 一人——大

38. 一人一张口，口下长只手——拿

39. 一人在内——肉

40. 一人挑两小人——夹

41. 一人腰上挂把弓——夷

42. 一口吃掉牛尾巴——告

43. 一口咬定——交

44. 一大二小——奈

45. 一斗米——料

46. 一月七日——脂

47. 一加一——王

48. 一半儿——臼

49. 一字十三点，难在如何点——汁

50. 一百减一——白

51. 一夜又一夜——多

52. 一个人搬两个土——佳

53. 一个礼拜——旨

54. 一家十一口——吉

55. 一家有七口，种田种一亩，自己吃不够，还养一条狗
——兽

56. 一根木棍，吊个方箱，一把梯子，搭在中央——面

57. 一只牛——生

58. 一只狗四个口——器

59. 一一箭穿心——必

60. 一点一横长，一撇到南洋，南洋有个人，只有一寸长
——府

61. 一边是水，一边是山——汕

62. 一边是红，一边是绿，一边喜风，一边喜雨——秋

63. 七人八只眼——货

64. 七人头上长了草——花

65. 七个人有八只眼，十人亦有八只眼，西洋人也眼八只，
家母同样眼八只——货真价实

66. 九十九——白

67. 九只鸟——鸠

68. 九号——旭

69. 九辆车——轨

70. 九点——丸

71. 二八佳人——妙

72. 二小姐——姿

73. 二兄弟，各自立——竞

74. 人不在其位——立

75. 人有他则变大——一

76. 人我不分——俄

77. 人都到了——倒

78. 人无寸铁——控

79. 人无信不立——言

80. 八十八——米

81. 八兄弟同赏月——脱

82. 刀出鞘——力

83. 十一个读书人——仕

84. 十二点——斗

85. 十三点——汁

86. 十五人——伞

87. 十五天——胖

88. 十元买早餐，八元买豆干——干

89. 十月十日（武昌起义）——朝

90. 十月十日——萌

91. 十字架下三个人——来

92. 十字对十字，太阳对月亮——朝

93. 十个哥哥——克

94. 三人两口一匹马——验

95. 三口重叠，莫把品字猜——目

96. 三张纸——顺

97. 上下合——卡

98. 上下串通——卡

99. 上下难分——卡

（五）搞笑谜语

1. 什么样的路不能走？（答案：我不告诉你答案）

2. 小波比的一举一动都离不开绳子，为什么？（答案：小波比是木偶）

3. 小王是一名优秀士兵，一天他在站岗值勤时，明明看到有敌人悄悄向他摸过来，为什么他却睁一只眼闭一只眼？（答案：他正在瞄准）

4. 一学生把硬币抛向空中：正面朝上就去看电影，背面朝上就去打台球，如果硬币立起来，就他妈去学习。（答案：去学习）

5. 两只狗赛跑，甲狗跑得快，乙狗跑得慢，跑到终点时，

哪只狗出汗多？（答案：狗不会出汗）

6. 有种动物，大小像只猫，长相又像虎，这是什么动物？（答案：小老虎）

7. 猴子每分钟能掰一个玉米，在果园里，一只猴子5分钟能掰几个玉米？（答案：没掰到一个）

8. 一溜（提示：注意谐音）三棵树，要拴10匹马，只能拴单不能拴双？（答案：请问怎样栓）

9. 世上什么东西比天更高？（答案：心比天高）

10. 什么贵重的东西最容易不翼而飞？（答案：人造卫星）

11. 三个金叫鑫，三个水叫淼，三个人叫众，那么三个鬼应该叫什么？（答案：叫救命）

12. 胖妞生病时，最怕别人来探病时说什么？（答案：多保重身体）

13. 什么东西比乌鸦更讨厌？（答案：乌鸦嘴）

14. 孔子是我国最伟大的什么家？（答案：老人家）

15. 睡美人最怕的是什么？（答案：失眠）

16. 小明对小华说：我可以坐在一个你永远也坐不到的地方！他坐在哪里？（答案：小华的身上）

17. 不管长得多像的双胞胎，都会有人分得出来，这人是谁？（答案：他们自己）

18. 世界上除了火车啥车最长？（答案：塞车）

19. 有一个人一年才上一天班又不怕被解雇他是谁？（答案：圣诞老人）

20. 拿鸡蛋撞石头鸡蛋为何不烂？（答案：拿着鸡蛋撞石头

当然不会烂）

21．哪项比赛是往后跑的？（答案：拔河）

22．你的爸爸的妹妹的堂弟的表哥的爸爸与你叔叔的儿子的嫂子是什么关系？（答案：亲戚关系）

23．牙医靠什么吃饭？（答案：嘴巴）

24．明明是个近视眼，也是个出名的馋小子，在他面前放一堆书，书后放一个苹果，你说他会先看什么？（答案：什么都看不见）

25．一个不会游泳的人掉进了水里却没有淹死，为什么？（答案：穿着救生衣）

26．用什么可以解开所有的谜？（答案：迷底）

27．两只狗赛跑，甲狗跑得快，乙狗跑得慢，跑到终点时，哪只狗出汗多？（答案：狗不会出汗）

28．楚楚的生日在三月三十日，请问是哪年的三月三十日？（答案：每年的三月三十日）

29．哪儿的海不产鱼？（答案：辞海）

30．迄今为止，你所见到的最大的影子是什么？（答案：黑夜，哪是地球的影子）

31．有一块天然的黑色的大理石，在九月七号这一天，把它扔到钱塘江里会有什么现象发生？（答案：沉到江底）

32．冰变成水最快的方法是什么？（答案：去掉冰字哪二点）

33．有一个人，他是你父母生的，但他却不是你的兄弟姐妹，他是谁？（答案：你自己）

34. 什么东西天气越热，它爬的越高？（答案：漫度计）

35. 什么东西在倒立之后会增加一半？（答案：数目字6）

36. 为什么人们要到市场上去？（答案：因为市场不能来）

37. 为什么青蛙可以跳得比树高？（答案：树不会跳）

38. 纸上写着某一份命令。但是，看懂此文字的人，却绝对不能宣读命令。那么，纸上写的是什么呢？（答案：级上写着，不要念出此文）

39. 一架空调器从楼掉下来会变成啥器？（答案：凶器）

40. 为什么现代人越来越言而无信？（答案：打电话当然比写信方便）

41. 两个人住在一个胡同里，只隔几步路，他们同在一个工厂上班，但每天出门上班，却总一个向左，一个向右，为什么？（答案：他们住对门）

42. 网要什么时候可以提水？（答案：当水变成冰时，用网当然可以提）

43. 全世界死亡率最高的地方在哪里？（答案：在床上）

你能做、我能做、大家都能做，一个人能做、两个人不能一起做。这是做什么？（答案：做梦）

（六）脑筋急转弯大全

1. 贝多芬给了学生什么样的启示？（答案：背了课本就会多得分"背多分"）

2. 一座桥上面立有一牌，牌上写"不准过桥"。但是很多人都照样不理睬，照样过去。你说为什么？（答案：这座桥的名字叫"不准过桥"）

3. 打狗要看主人，打虎要看什么？（答案：要看你有没有种）

4. 数个大小形状相同物体并排一起时，有无可能愈接近自己的东西看起来愈小，愈远离的物体看起来愈大?）答案：如使用镜子反射，便可出现这种情况。）

5. 什么样的轮子只转不走？（答案：风车轮子）

6. 拥有很多牙齿，能咬住人的头发的东西是什么？（答案：发夹）

7. 什么动物天天熬夜？（答案：熊猫，你看它的黑眼圈）

8. 别人跟阿丹说她的衣服怎么没衣扣，她却不在乎，为什么？（答案：有拉链的）

9. 有两辆汽车以完全湘同的速度，分别行驶于紧邻的两条道路上。不久之后，虽然两车都未改变车速，但是 B 车突然开始超越 A 车，这可能吗？两条道路都是直线。（答案：A 车道有下坡路段，使距离变长。）

10. 什么东西咬牙切齿？（答案：拉链）

11. 最后冒出来的牙齿是哪一颗？（答案：假牙）

12. 某个动物园中，有二只狮子趁管理员一时疏忽，忘记把笼子上锁的机会逃出来，在公园内窜来窜去。人们一边避险，一边找管理员，而管理员却躲到一个更安全的地方。此地为何处？（答案：关狮子的笼子里）

13. 有两个人同时来到了河边，都想过河，但却只有一条小船，而且小船只能载 1 个人，请问，他们能否都过河？（答案：能，因为他们分别在河的两边。）

14. 什么东西说"父亲"是不会相碰，叫"爸爸"时却会碰到两次？（答案：上下嘴唇）

15. 谁天天去看病？（答案：医生）

16. 小王 13 岁的生日为何点了 14 根蜡烛？（答案：那晚停电，有一根是用来照明的。）

17. 当今社会，个体户大都靠什么吃饭？（答案：嘴巴）

18. 有一位大师武功了得，他在下雨天不带任何防雨物品出门，全身都被淋湿了，可是头发一点没湿，怎么回事？（答案：他是和尚没头发）

19. 在早餐时从来不吃的是什么？（答案：午餐和晚餐）

20. 老张有很厉害的胃病，可他每周有五天总往牙科跑，这是为什么？（答案：老张是牙科医生）

21. 小明的爸爸找了人座位坐下，小明也在同一个房间找个地方坐下来，小明的爸爸却不能坐在小明的位置上，小明坐在哪儿，为什么？（答案：小明坐在爸爸的腿上）

22. 黑皮肤有什么好处？（答案：不怕晒黑）

23. 三个人要过公路，当时没有任何车辆通过，但走到一边人行道上的只有两个人，请问另一个人哪里去了呢？（答案：在公路的另一边）

24. 三个人共撑一把伞在街上走，却没有淋湿身，为什么？（答案：因为没有下雨）

25．如果你生出的孩子只有一只右手你会怎么办？（答案：废话，哪有人有两只右手的。）

26．两架乘满乘客的飞机在空中相撞，飞机上的人为什么一个也没有受伤的？（答案：飞机上的人全都死了）

27．进动物园看到的第一个动物是什么？（答案：售票员）

28．有一艘船限载 50 人，已载 49 人，后来又有一孕妇上船，结果船仍沉入了水中，为什么？（答案：是艘潜水艇）

29．一间牢房中关着两个犯人，其中一个因偷窃要关一年，另一个是抢劫杀人犯，却只关两个月，为什么？（答案：再过两个月杀人犯就要被枪决了。）

30．一个警察有个弟弟，但弟弟却否认有个哥哥，为什么？（答案：因为那个警察是个女的。）

31．小小的妈妈在洗衣服，但洗了半天，她的衣服还是脏的，为什么？（答案：因为她是洗的别人的衣服）

32．一个婚姻破碎的男人，桌上放着一把刀，请问他要作什么？（答案：要学着自己做菜）

33．一场大雨，忙着耕种的农民纷纷躲避，却仍有一个人不走，为什么？（答案：那是一个稻草人）

34．dongdong 养的鸽子在 mingming 家下了一个蛋，请问这个蛋应属于谁的？（答案：鸽子的）

35．什么话是世界通用的？（答案：电话）

36．阿里巴巴与四十大盗的故事是东方夜谭还是西方夜谭？（答案：都不是，是天方夜谈）

37．一根木头重 5 吨，从上游到到下游，需船载重为多少的船？（答案：不用船，把木头放在水里就可以从上游运到下游了。）

38．一个卡车司机撞倒一个骑摩托车的人，卡车司机受重伤，摩托车骑士却没事，为什么？（答案：卡车司机在走路）

39．一幢大楼失火，很多人围观，却无人报警，为什么？（答案：失火的正是警察局大楼）

40．为什么白羊比黑羊吃得多一些？（答案：因为世界上的白羊比黑羊多）

41．小王中午时候去开会，为什么半个人影也没看到？（答案：影子是没有半个的。）

42．有什么办法能使眉毛长在眼的下面？（答案：到立）

43．小明画了好大一个圆，你知道画圆时是从什么地方开始的吗？（答案：从笔尖开始）

44．有半瓶酒，瓶口用软木塞塞住，在不敲碎瓶子，不准拔去木塞，不准在塞子上钻孔的情况下，怎样喝到瓶子里的酒？（答案：将瓶塞捣进瓶子里）

45．一个聋哑人到五金商店买钉子，他把左手的食中两指伸开做成夹着钉子的样子，然后伸出右手作锤子状，服务员给他拿出锤子，他摇了摇头，给他拿来钉子，他满意的买了。接着来了一个盲的，请问，他怎样才能买到剪子？（答案：盲人是会说话的呀）

46．漆黑的夜晚，老王在家看书，看着看着，他的妻子说："太晚了，关灯睡觉吧。"就把灯关了。可老王理也不理继续看书，还一直把书看完了这是怎么回事？（答案：老王是盲人，他

在读盲文)

47. 一位司机上了他驾驶的汽车后，做的第一个动作是什么？（答案：第一个动作是坐下）

48. 什么样的强者千万别当？（答案：强盗）

49. 什么桥下没水？（答案：立交桥）

50. 芳芳在学校门口将学生证掉了，她该怎么办？（答案：捡起来）

51. 笨拙者的敏捷，用一个什么样的词形容比较恰当？（答案：仓促）

52. 有个刚生下的婴儿，有两个小孩和他是同年同月同日生的，而且是同一对父母生的，但他们不是双胞胎，这可能吗？（答案：可能是三胞胎）

53. 一座大楼发生火灾，老陈逃到了楼顶后，无路可走，便逃到了隔壁的楼顶上，两楼只隔10公分，老陈却摔死了，为什么？（答案：两座楼一个30层，一个3层）

54. 哪项比赛是比谁往后跑得快的？（答案：拔河）

55. 吃苹果时，咬下一口……，看到有一条虫，觉得很可怕，看到两条虫，觉得更可怕，看到有几条虫让人觉得最可怕？（答案：半条虫）

56. 小明带100元去买一件75元的衬衫，但老板却只找了5块钱给他，为什么？（答案：小明就只给了老板80元钱）

57. 什么门永远关不上？（答案：球门）

58. dongdong 养的鸽子在 mingming 家下了一个蛋，请问这个蛋应属于谁的？（答案：鸽子的）

59．刚上幼儿园第一天的 Rose，从来没学过数学，但老师却称赞她的数学程度是数一数二的，为什么？（答案：因为他只会数一数二的。）

60．当你向别人夸耀你的长处的同时，别人还会知道你的什么？（答案：知道你不是个哑巴）

61．小明和小旺玩掷硬币的游戏，小明掷了十次都是阳的一面，问他掷第十一次时，阳和阴的概率各是多少？（答案：50%）

62．有一位刻字先生，他挂出来的价格表是这样写的：刻"隶书"4角；刻"仿宋体"6角刻"你的名章"8角；刻"你爱人的名章"1．2元。那么他刻字的单价是多少？（答案：每个字两角）

63．教师给学生们布置写作文，题目是"假如我是一位经理"。绝大部分学生马上埋头写作，惟有一位男生操着手，靠在椅子上，无动于衷。老师问他为什么不写，他给了一个令其哭笑不得的回答。（答案：我在等秘书）

64．50块糖分给10个小朋友，数目不同，不可把糖块截断，能不能分？（答案：不能，因为"1＋2＋3．．．．．＋10"＝55）

65．把一副拿去大，小王，还剩52张的扑克牌仔细洗好，然后分成各26张的 A，B 两堆。如果这样分上一万次，那么请问该有多少次 A 堆中的黑牌与 B 堆中的红牌相等？（答案：全相等）

66．你爸爸和你妈妈生了个儿子，他既不是你哥哥又不是你弟弟，他是谁？（答案：是你自己呀。）

67．什么东西制造期和有效日期是同一天的？（答案：日报）

68．8个人吃8份快餐需10分钟，16个人吃16份快餐需几分钟？（答案：还是10分钟）

69．在一辆营运中的巴士里，买票的只有三分之一，可是售票员和司机却都无动于衷，乘客中没有小孩，也没有司机与售票员的朋友，并且也没有持月票的人，这是为什么？（答案：车里只有一位乘客）

70．什么数字减去一半等于零？（答案：8）

71．长4米，宽3米，深2米的池塘，有多少立方米泥？（答案：池塘是空的，没有泥。）

72．什么饼不能吃？（答案：铁饼）

73．小白买了一盒蚊香，平均一卷蚊香可点燃半个小时。若他想以此测量45分钟时间，他该如何计算？（答案：先将一卷蚊香的两端点燃，同时将另一卷蚊香的一端点燃，等两端全点燃的蚊香全不燃尽时，再将只点了一端的那盘蚊香的另一端点燃，燃尽，这样恰好用了45分钟。）

74．餐厅里，有两对父子在用餐，每人叫了一份70元的牛排，付账时只付了210元，为什么？（答案：这是祖孙三人）

75．一次宴会上，一对夫妻同客人共握手48次，问这次宴会上共有几人？（答案：26人才）

76．把一副拿去大、小王，还剩52张的扑克牌仔细洗好，然后分成各26张的A，B两堆。如果这样分上一万次，那么请

问该有多少次 A 堆中的黑牌与 B 堆中的红牌相等？（答案：全相等）

77．有一位刻字先生，他挂出来的价格表是这样写的：刻"隶书"4 角；刻"仿宋体"6 角刻"你的名章"8 角；刻"你爱人的名章"1．2 元。那么他刻字的单价是多少？（答案：每个字两角）

78．这是一个古老的问题：有一个人带着一条狗、一只兔子、一篮白菜来到河边。河水很深，已经齐半腰，所以他每次只能带一样东西过河。但是狗要咬兔子，兔子要吃菜，请问他该怎样过去？（答案：先带兔子过去，空手回来，然后再带白菜过去，把兔子带回来，又带狗过去，空手回来，再把兔子带过去。）

79．你知道什么东西天气越热，它爬得越高？（答案：温度计）

80．一年四季都盛开的花是什么花？（答案：塑料花）

81．什么鞋子，你绝不会穿着它去逛街？（答案：溜冰鞋）

82．跳伞时，怎样才能分的出老兵和新兵？（答案：新兵的屁股上有鞋印）

83．陈老太太得的并不是绝症，为什么医生却说她无药可救？（答案：她没钱买药）

84．那一种飞弹可以用每小时 30 公里的超低速，并贴近地表二公尺左右的高度直扑目标而去，中途还可以 90 度急转弯？（答案：载在车上的飞弹）

85．印度人为什么用手抓饭吃？（答案：因为手比脚干净）

86. 一只十分饥饿的猫，看见一只老鼠后为什么立刻跑了？（答案：去追老鼠了）

87. 如果诸葛亮活着，世界现在会有什么不同？（答案：会多一个人）

88. 什么东西别人请你吃，但你自己还是要付钱？（答案：吃官司）

89. 铁放外面会生锈，金子呢？（答案：会被人拿走）

90. 有一个眼睛瞎了的人，走到山崖边上，突然停住了，然后往回走，这是为什么？（答案：他只是单眼瞎）

91. 动物园里，大象的鼻子最长，鼻子第二长的是什么？（答案：小象）

92. 大人上班迟到的理由是堵车，小孩子迟到的理由是什么？（答案：妈妈睡过了头）

93. 法国人的笑声跟我们有什么不同？（答案：他们是用法语笑的）

94. 有种动物，大小像只猫，长相又像虎，这是什么动物？（答案：小老虎）

95. 理发师最不喜欢的人是谁？（答案：秃头的人）

96. 有一种奇怪的东西，他能载的动万吨重物，却载不起一粒沙子。它是什么？（答案：海水）

97. 一溜（提示：注意谐音）三棵树，要拴 10 匹马，只能拴单不能拴双？请问怎样拴？（答案：1 + 3 + 6 = 10）

98. 小华说他能在 1 秒钟之内把房间和房间里的玩具都变没了，这可能吗？（答案：把眼睛闭上）

（七）练习：经典字谜

1 字谜（打一字） 夫人何处去　二

2 字谜（打一字） 打断念头　心

3 字谜（一成语） 百米赛跑　争先恐后

4 字谜（打一字） 人对人　众

5 字谜（打一字） 表里如一　回

6 字谜（打一字） 果断有力　男

7 字谜（打一字） 黄昏前后　昔

8 字谜（打一字） 推开又来　摊

9 字谜（打一字） 迁来一口　适

10 字谜（打一字） 四边残缺　匹

11 字谜（打一字） 拉她也不来　接

12 字谜（打一字） 后来者居上　屠

13 字谜（打一字） 重逢　观

14 字谜（打一字） 课桌椅样样齐备　木

15 字谜（打一字） 人人都走横道线　丛

16 字谜（打一字） 一口咬定　交

17 字谜（打一字） 一日进一尺　昼

18 字谜（打一字） 水上码头　泵

19 字谜（打一字） 大框框不能破　因

20 字谜（打一字） 发生大火划禁区　烟

21 字谜（打一字）凶横　区

22 字谜（打一字）大厂用电多一点　庵

23 字谜（打一字）欲话无言听流水　活

24 字谜（打一字）存心不善，有口难言　亚

25 字谜（打一字）值钱不值钱全在这两点　金

26 字谜（打一字）添丁进口　可

27 字谜（打一字）二小姐　姿

28 字谜（打一字）一曲高歌夕阳下　曹

29 字谜（打一字）依山傍水　汕

30 字谜（打一字）旭日不出　九

31 字谜（打一字）挥手告别　军

32 字谜（打一字）正字少一横，莫作止字猜　步

33 字谜（打一字）人不在其位　立

34 字谜（打一字）独眼龙　省

35 字谜（打一字）日落香残，洗却凡心一点　秃

36 字谜（打一字）既有头又有尾，中间生了四张嘴　申

37 字谜（打一字）因小失大　口

38 字谜（打一字）一字生的巧，四面八只脚　井

39 字谜（打一字）黄昏时候　晒

40 字谜（打一字）一箭穿心　必

41 字谜（打一字）上任之前，落榜之后　傍

42 字谜（打一字）贫农分贝之后　贫

43 字谜（打一字）中央电视台长出一棵草　英

44 字谜（打一字）人们建筑　健

45 字谜（打一字）一个人带着草帽，站在木头上　茶

脑筋急转弯 1

1. 问：世界上最最黑暗的动漫人物是谁？

答：还是机器猫！

为什么：因为他伸手不见五指……

2. 问：非洲食人族的酋长吃什么？

答：人啊！

问：那有一天，酋长病了，医生告诉他要吃素，那他吃什么？

答：吃植物人呀！

3. 问：胖子从 12 楼掉下来会变什么？

答：死胖子

4. 问：吃饱饭了谁会帮你添饭？

答：飞龙嘛，因为飞龙在天（再添）嘛

5. 问：有一棵三角形的树被送到北极去种，请问长大后，那棵树叫什么？

答：三角函数（寒树）！笨！

6. 问：屈原的老婆姓什么？

答：姓陈，因为屈陈（臣）氏

7. 问：猴子最讨厌什么线？

答：平行线，因为没有相交（香蕉）

8. 问：哪为历史人物最欠扁？

答：苏武。因为苏武牧羊北海边（被海扁）！

9. 问：一只兔子和一只跑得很快的乌龟赛跑，猜一猜谁赢拉？

答：兔子！

错！是乌龟拉，前面有说是一只跑很快的乌龟，跑很快噢！

问：兔子不甘心，又和一只戴了墨镜的乌龟比赛跑步，这次谁赢拉？

答：恩……兔子吧……

错！那只乌龟把墨镜一摘，耶！又是刚才那只跑很快的乌龟！

10. 问：有两个人掉到陷阱里了，死的人叫死人，活人叫什么？

答：叫救命啦！

11. 问：布和纸怕什么？

答：布怕一万，纸怕万一。原因：不（布）怕一万，只（纸）怕万一。

12．问：蚂蚁去沙漠，为什么沙子上没有留下它的脚印，而只留下一条线呢？

答：因为它是骑脚踏车的！

问：蚂蚁从沙漠回家了，它没有通知任何人，但是它家人却知道它回来了！为什么啊！

答：看见它停在楼下的脚踏车……

脑筋急转弯 2

1．问：蓝色的刀和蓝色的枪哪个厉害？

答：刀枪不如（刀枪不入）

2．问：身穿这金色衣服的人。

答：一鸣（名）惊（金）人

3．问：数字"3"在路上翻了一个跟头，接着又翻了一个跟头。

答：三番两次

4．问：一条狗过了独木桥之后就不叫了，为什么？

答：过目（木）不忘（汪）

5. 问：第十一本书是什么？
答：不可思议（book11）

6. 问：牛猪狗羊赛跑，到终点后，牛猪狗都喘得不得了，只有羊不喘气，为什么？
答：扬眉吐气（羊没吐气）

7. 问：一只蜜蜂叮在挂历上。
答：风（蜂）和日丽（日历）

8. 问：一只熊走过来。
答：有备而来（有bear来）

9. 问：羊给老鹰打电话。
答：阳（羊）奉（phone）阴（鹰）违（喂）

10. 问：哪一种蝙蝠不用休息？
答：不修边幅（不休蝙蝠）

11. 问：手机不可以调到马桶里，为什么？
答：机不可失（湿）

12. 问：一群人拿鸡蛋砸枪？
答：枪林（淋）弹（蛋）雨

13. 问：拿筷子吃饭。
答：脍（筷）炙（至）人口

14. 问：有十只羊，九只蹲在羊圈里，一直蹲在猪圈里。
答：抑扬顿挫（一羊蹲错）

15. 问：天哪，整个地区只有这一家还没装电话。
答：天衣无缝（天，一无 phone）

16. 问：为什么帽子脏了要翻面再带？
答：张冠李戴（赃冠里带）

17. 问：小玉的妈妈骂小玉的爸爸性无能。
答：欲罢（玉爸）不能

18. 问：用猪肝和熊胆作成的神奇肥皂。
答：肝胆相照（香皂）

19. 问：牛小时候叫犊，那兔子、乌龟小时候应如何称呼？
答：兔崽子、龟儿子

20. 问：避孕药的主要成份是什么？

答：抗生素

21. 问：放烟火时为什么不会射到星星？

答：因为星星会 "闪"

22. 问：一个离过很多次婚的女人，该怎么称呼她？

答：前功（公）尽弃

23. 问：小白很像他的哥哥，为什么？

答：因为真相（像）大白

24. 问：狼、老虎和狮子玩游戏，谁一定会被淘汰？

答：淘汰狼（桃太郎）

25. 问：世界上最富有同情心的动漫人物是谁？

答：机器猫。

Why：因为他总是向人伸出圆手（援手）！

搞笑谜语

1、人在什么时候显得最穷？

答案：洗澡

2、蟒蛇长还是眼镜蛇长?

答案：眼镜蛇

3、如果所有象都没有了鼻子，该用一个什么成语来形容?

答案：万象更新

4 小王一边刷牙，一边悠闲的吹着口哨，他是怎么做到的?

答案：刷的是假牙

5 什么门永远关不上?

答案：球门

6 船边挂着软梯，离海面 2 米，海水每小时上涨半米，几个小时海水能淹没软梯?

答案：水涨船高，所以永远不会淹没软梯

7 汽车在右转弯时，哪一条轮胎不转?

答案：备用轮胎

8 什么书你不可能在书店里买到?

答案：秘书

9 什么水永远用不完?

答案：口水

10 一人被老虎穷追不舍，突然前有条大河，他不会游泳，但他过去了，为什么？

答案：吓昏过去了

11 模样相同的哥俩同时应征入伍，他们有血缘关系且出生日期及父母的名字完全相同。连长问他俩是不是双胞胎。他们说不是。请问这是为什么？

答案：三胞胎中的两个

12 监狱里关着两名犯人，一天晚上犯人全都逃跑了，可是第二天看守员打开牢门一看，里面还有一个犯人？

答案：逃跑的犯人名字叫"全都"

13 用什么可以解开所有的谜？

答案：答案

14 当今社会，发财的个体户大都靠什么吃饭？

答案：嘴巴

15 什么东西要藏起来暗地里用，用完之后再暗地里交给别人？

答案：底片

16 放大镜什么都可以放大，但有一样东西不能放大，是什么？

答案：角度

17 六岁的小明总是喜欢把家里的闹钟整坏，妈妈为什么总是让不会修理钟表的爸爸代为修理？

答案：因为妈妈让爸爸好好的修理一下小明

18 什么时候，时代广场的大钟会响 13 下？

答案：该修理的时候

19 早晨醒来，每个人都要做的第一件事是什么？

答案：睁开眼睛

20 一位卡车司机撞倒一个骑摩托车的人，卡车司机受重伤，摩托车手却没事？

答案：卡车司机当时没有开车

21 问：老王天天只知道花钱，一天要花很多钱，可最后却成了百万富翁，为什么？

答案：他以前是亿万富翁

22 什么东西明明是你的，而别人比你还常用它？

答案：你的名字

脑筋急转弯猜一猜

1. 二三四五六七八九
答案：缺衣（一）少食（十）

2. 门里站着一个人。
答案：闪

3. 一点一横长，一撇飘南洋，南洋有个人，只有一寸长。
答案：府

4. 一个人无法做，一群人做没意思，两个人做刚刚好。请问是啥密事？
答案：说悄悄话

5. 会飞不是鸟，像鼠不是鼠。白天躲暗处，夜晚捉害虫。
答案：蝙蝠

6. 小时四只脚，中午两只脚，傍晚三只脚。
答案：人的一生——婴儿，青少年，老人。

7. 上边毛，下边毛，中间一个黑葡萄。

答案：眼睛

8．"蚕蚁"是蚂蚁还是蚕？
答案：蚕

9．三面墙一面空小孩子在当中
答案：匹

10．老詹养了一只狗，并且从来不帮狗洗澡，为什么狗不会生跳蚤呢？
答案：因为狗只会生小狗

11．两只蚂蚁抬根杠，一只蚂蚁杠上望
答案：六

12．为什么两个孩子恰恰好？
答案：因为不孝有三

13．为什么婴儿一出生就大哭？
答案：因为他看到护士阿姨太漂亮，自己又太小

14．像糖不是糖，不能用口尝，帮你改错字，纸上来回忙。
答案：橡皮

15．有对一模一样的双胞胎兄弟，哥哥的屁股有黑痣，而弟弟没有。但即使这对双胞胎穿着相同的服饰，仍然有人可立刻知道谁是哥哥，谁是弟弟。究竟是谁呢?

答案：他们自己

16．有一位刻字先生，他挂出来的价格表是这样写的：刻"隶书"4角；刻"仿宋体"6角刻"你的名章"8角；刻"你爱人的名章"12元。那么他刻字的单价是多少?

答案：每个字两角

17．一个人有三根头发，为什么他还要剪掉一根?

答案：他想做三毛的哥哥

18．华先生有个本领，那就是能让见到他的人，都会自动手心朝上。这是怎么回事?

答案：他是个中医

19．老人梅友并到医院去做检查，结果医生告诉他说要看开一点，请问他得了什么病?

答案：豆鸡眼

20．杏子从52楼跳下，为什么没事?

答案：她是只鸟

21. 两位帅哥因何为了一位长相如恐龙般的女子大打出手?

答案：打的原因是都不想娶她.

22. 年年有余，为什么钱还是存不起來?

答案：因为年年都被炒鱿鱼

23. 五个兄弟，住在一起，名字不同，高矮不其。

答案：手指

24. 医生给了你三颗药丸要你每半个小时吃一颗请问吃完
需要多长时间

答案：一个小时

25. 干涉

答案：步

26. 无聊的时候，开车游车河时，叫做什么?

答案：白花油

27. 劳资争议时，雇主应该穿什么?

答案：防弹背心

28. 灰姑娘的老爸老妈可能是谁?

答案：白雪公主与包公

29. 在路上，它翻了一个跟斗，接着又翻了一次（猜 4 字成语）

答案：三翻两次

30. 用猪肝和熊胆作成的神奇肥皂（猜 4 字成语）

答案：肝胆相照（香皂）

31. 为什么大家喜欢看漫画？

答案：无聊

32. 一个男人加一个女人会成了什么？

答案：两个人

33. 两个女人与一千只鸭子所说的话有何相似性呢？

答案：无稽（鸡）之谈

34. 为什么小明做完 10 下伏地挺身后，地上多了个凹洞？

答案：因为他单手做伏地挺身

35. 为什么大家都喜欢坐着看电影？

答案：因为站着看脚会酸

36. 什么书买不到？

答案：遗书

37. 什么鼠最爱干净？
答案：环保署

38. 阿匹婆的英文名字是？
答案：A – people

39. 右手永远抓不到什么？
答案：右手

40. 参加联考时，除了准考证之外，最重要的是什么？
答案：记得起床

41. 小马哥的老爸在市立图书馆。（四字成语）
答案：识途老马（市图老马）

42. 哞哞叫的牛一下水游泳后就不叫了。（四字成语）
答案：有勇无谋（哞）

43. 小麦的两包面都被偷了。（四字成语）
答案：面面俱到（盗）

44. 这封信是两颗蛋做的。（四字成语）

答案：信誓旦旦（蛋蛋）

45．这冰看起来就好像是张铝箔。(四字成语)
答案：如履（铝）薄冰．

46．一头被10公尺绳子栓住的老虎，要如何吃到20公尺外的草？
答案：老虎不吃草

47．这个东西，左看像电灯，右看也像电灯，和电灯没什么两样。但它就是不会亮，這是啥东西呢？
答案：坏掉的电灯

48．天知地知我知（打福建一市县名）
答案：三明

49．长安一片月。(打一字)
答案：胀

50．人在不饥渴时也需要的是什么水？
答案：薪水

51．海水为什么是咸的？
答案：鱼流的泪太多了

52. 为什么阿福总要等老师动手才去听老师的话？

答案：他是个聋子

53. 钻进钱眼儿里的人最终会怎样？

答案：最终会死

54. 老王已经年过半百为什么总爱围着女人转？

答案：老王是推销化妆品的

55. 用什么方法可以使人不喝水？

答案：把水改名字

56. 一斤白菜 5 角钱，一斤萝卜 6 角钱，那一斤排骨多少钱？

答案：一两等于十钱一斤 100 钱

57. 有一名女囚犯，被抓到警察局，并被单独关到了一间防守非常好的小囚室里，在没有可能外人进入的情况下，第二天早晨，囚室里居然多出了一名男士！这是为什么？

答案：这是一名怀了孕的女犯生下一名男婴

58. 阿珍什么家务都不会做，脾气又坏，他爸妈为什么还拼命催她结婚？

答案：其目的是为了嫁祸于人.

59．一间屋子里到处都在漏雨，可是谁也没被淋湿，为什么？

答案：空房子

60．什么人可以饭来张口，衣来伸手？

答案：婴儿

61．脱了红袍子，是个白胖子去了白胖子，是个黑圆子。（打一植物）

答案：荔枝

62．一辆出租车在公路上正常行驶，并且没有违反任何交通规则却被一个警察给拦住了，请问为什么？

答案：警察打车

63．有一个网站，凡是上网的人没有不先去那里的，为什么？

答案：聪明的人都在这

64．鸭蛋一打有多少个？

答案：全没有了碎了

65. 后脑勺受伤的人怎样睡觉？

答案：闭着眼睛睡觉

66. 人死后为什么变得冰凉？

答案：心静自然凉

67. 现代人为什么越来越喜欢挖耳朵？

答案：爱讲脏话的人越来越多了

68. 友情和爱情怎样区分？

答案：友情出现在白天爱情出现在晚上

69. 吃不到葡萄，也不说葡萄酸，为什么？

答案：理解

70. 十万个为什么是什么？

答案：想问什么就问什么

71. 什么时候我们会甘心熄灭自己的生命之火？

答案：切生日蛋糕之前

72. 三名犯人聆听法官宣判，法官说左右两个无罪，究竟为什么？

答案：关中

73．中国人讲什么话？

答案：中国话

74．地球有两处地方，昨天可以是今天，今天可以是明天，那地方是哪？

答案：南极和北极

75．小凯开着车子，却始终到不目的地，为什么？

答案：车子倒着走

76．芳芳吃牛肉面，却不见任何牛肉？

答案：她吃的是牛肉泡面

77．大明的英语呱呱叫，可是老外，都听不懂他讲的？

答案：头撞到水中的乌龟

78．陆先生刚理发完，便要求理发师降他的头发"中分"理发师说做不到，为什么？

答案：他的头发是奇数

79．圣诞夜，圣诞老公公放进袜子的第一件东西是什么？

答案：脚

80. 什么地方盖了章才过得去?

答案：印度

81. 苹果树上有二十个熟透的苹果，被风吹落了一半，后又被果农摘了一半，那么树上还有几个苹果?

答案：5

82. 从一写到一万，你会用多少时间?

答案：最多 5 秒

83. 为什么拿破仑的字典里没有一个"难"字?

答案：他的字典是法文

84. 和尚打着一把伞，是一个什么成语?

答案：无发无天

85. 什么花可以看而不可以把握?

答案：水花和烟花

86. 哪种火车车厢最少?

答案：救火车

87. 什么人是人们说时很崇拜，但却不想见到

答案：上帝

88．胖妞生病了，最怕别人来探病时说什么？

答案：多多保重

89．中国人最早的姓氏是什么

答案：姓善 "人之初，性本善."

90．一只健壮的鸭子为什么在小河中溺死了？

答案：想不开自杀了

91．从前，遍地是金的山是什么山？

答案：旧金山

92．铁放到外面要生锈，那金子呢？

答案：没了

93．农夫养了 10 头牛，为什么只有 19 只角？

答案：其中一只是犀牛

94．小明的爸爸只当了一次官，而且只当了几天。可是因为当了那次官，闹得他每天都要掏腰包，他当的是什么官？

答案：新郎官

95．什么时候最好还是要高高举起你的双手好些？

答案：当人用手枪指着你的头的时候

96. 小明家住在五楼，可是电梯坏了，他自己也没有走楼梯，他却上了五楼回到家里，这可能吗？
答案：妈妈背着他上楼

97. 一个苹果减去一个苹果，猜一个字。
答案：0

98. 三个金"鑫"，三个水叫"淼"，三个人叫"众"，那么三个鬼应该叫什么？
答案：救命

99. 哪儿的海不产鱼？
答案：辞海

100. 楚楚的生日在三月三十日，请问是哪年的三月三十日？
答案：每年的三月三十日

101. 有种动物，大小像只猫，长相又像虎，这是什么动物？
答案：小老虎

102. 猴子每分钟能掰一个玉米，在果园里，一只猴子5分钟能掰几个玉米？

答案：一个也没有掰到

103. 小红口袋里原有10个铜钱，但它们都掉了，请问小红口袋里还剩下什么？

答案：还剩下一个洞

104. 世上什么东西比天更高？

答案：心比天高

105. 什么贵重的东西最容易不翼而飞？

答案：人造卫星

106. 三个孩子吃三个饼要用3分钟，九十个孩子九十个饼要用多少时间？

答案：三分钟

107. 一个伟大的人和一只伟大的狮子同一天诞生，有什么关系？

答案：没关系

108. 醉鬼是什么人？

答案：宣布自己没醉的人

109. 当地球爆炸时，什么地方最安全

答案：地猴

110. 哪一件衣服最耐穿？

答案：最不喜欢的那件

111. 法王路易十四被砍头后他的儿子当了什么？

答案：孤儿

112. 世界上什么没有标价？

答案：情意

113. 小云和阿花已经结婚了，为什么他们还偷偷摸摸的约会呢？

答案：他们分别是和别人约会

114. 一个人什么"地方"能大能小？

答案：心眼儿

115. 一年前的元月一日，所有的人都在做着一件非常重要的事，你记得是什么事吗？

答案：都在呼吸

116. 小王跑步为什么总是保持一个姿势不变?

答案: 因为他在照片中

117. 左看像电风扇,右看像电风扇,虽然像电风扇,就是不会转,请问这究竟是什么?

答案: 停电的电风扇

118. 什么情况下,每个人都会主动地发挥赴汤蹈火精神?

答案: 吃火锅的时候

119. 3 个人 3 天用 3 桶水,9 个人 9 天用几桶水

答案: 九

120. 为什么有一个人经常从十米高的地方不带任何安全装置跳下?

答案: 跳水运动员

121. 小王因工作需要常交际应酬,虽然每天都很早回家,可妻子还是抱怨不断,这为什么?

答案: 他每天凌晨回家

122. 有一只蜗牛从新疆维吾尔自治区爬到海南省为什么只需三分钟?

答案: 它在地图上爬

123． 一个不会游泳的人掉进了水里却没有淹死，为什么？

答案：穿着救生衣

124． 车祸发生不久，第一批警察就赶到了现场，他们发现司机完好无损，翻覆的车子内外血迹斑斑，却没有见到死者和伤者，而这里是荒郊野外，并无人烟，这是怎么回事？

答案：因为这是一辆献血车

125． 哪种人希望孩子越多越好？

答案：儿童用品制造商

126． 一个人死前要做的最后一件事是什么？

答案：咽下最后一口气

127． 为什么刘备三顾茅庐，诸葛亮才肯见他？

答案：因为前两次没带礼

128． 小王说他会在太阳和月亮永远在一起的时候去旅行，你说可能吗？

答案：可能是明天

129． 古时候没有钟，有人养了一群鸡，可是天亮时，没有一只鸡给他报晓。这是为什么？

答案：他养了一群母鸡

130. 老张是出了名的拳手，为什么一戴上拳击手套反而让对手三下两下打下台去了？

答案：他是划酒拳的高手

131. 远东百货遭小偷，警察立刻封锁住所有出口，但为什么小偷仍逃了出去，为什么？

答案：小偷可以从入口逃走呀

132. 你能做、我能做、大家都能做，一个人能做、两个人不能一起做。这是做什么

答案：做梦

133. 明明是个近视眼，也是个出名的馋小子，在他面前放一堆书，书后放一个苹果，你说他会先看什么？

答案：什么都看不见

134. 太太吃完饭后向先生要火柴，先生殷勤地掏出名牌打火机，却被太太瞪了一眼，为什么？

答案：打火机怎么能剔牙齿呢

135. 永远都没有终结的事是什么？

答案：问题

136．世界上最洁净的"球"是什么球？
答案：卫生球

137．每个人都最爱的人是谁？
答案：自己

138．一个手无寸铁的人钻进了狮子笼里，为什么太平无事？
答案：狮子笼是空的

139．比黄金更容易招引盗贼的东西是什么？
答案：美貌

140．老陈买的明明是真药而不是假药，为什么会被判重刑？
答案：他走私军火

141．有一个海没有一滴水。是什么海？
答案：辞海

142．为什么只看过"小说"，没看过"大说"？
答案：因为大说已逝世

143. 新版的纸币，竟然印得不一样，为什么？

答案：号码不一样

144. 有一种牛皮最容易被戳穿，那是什么牛皮？

答案：吹牛皮

145. 黑人不必担心哪一件事？

答案：晒黑

146. 一个四脚朝天，一个四脚朝地，一个很痛苦，一个很高兴，这是在干什么？

答案：猫捉老鼠

147. 黄河的源头在哪儿？

答案：天上，黄河之水天上来.

148. 装模作样的人成功的途径是什么？

答案：滥竽充数

149. 住在什么样的家里，脚不出家门就可以上班工作？

答案：国家

150. 什么样的河人们永远也渡不过去？

答案：银河

151. 卖水的人看到河会怎么想?

答案: 这些都是钱

152. 从事什么职业的人容易在短时间反复改变主意?

答案: 列队的教官

153. 流浪了 50 多年的流浪汉,有一天突然不流浪了,为什么?

答案: 他死了

154. 老王天天掉头发,什么办法都用了,只有一种办法使他永远不掉头发。是什么办法呢?

答案: 剃光

155. 什么动物在天上是 4 只脚,在地上是 2 只脚,在水里是 3 只脚?

答案: 怪物

156. 买一双高级女皮鞋要 214 元 5 角 6 分钱,请问买一只要多少钱?

答案: 一只不卖

157. 一艘五十万吨的油轮沉没了,最先浮出水面的是什么？

 答案：空气

158. 为什么罗丹雕塑的作品"沉思者"没有穿衣服？

 答案：他正在想穿那件衣服好看

159. 什么东西破裂之后，即使最精密的仪器也找不到裂纹？

 答案：感情

160. 什么事情，只能用一只手去做？

 答案：剪自己的手指甲

161. 什么房子失了火却不见有人跑出来？

 答案：太平间

162. 家里又脏又乱，怎样才能在最短时间内弄干净？

 答案：闭上眼睛眼不见为净

163. 什么地方能出生入死？

 答案：医院

164. 在布匹店，买不到什么布？

 答案：松赞干布

165．什么东西不能用放大镜放大？

答案：角度

166．少女们的偶像如果不幸因车祸而成了植物人，那么影迷们会怎样呢？

答案：帅呆了

167．既没有生孩子、养孩子，也没有认干娘，还没有认领养子养女就先当上了娘，请问：这是什么人

答案：新娘

168．阿里巴巴和四十大盗的故事是东方夜谭还是西方夜谭。

答案：都不是天方夜谭

169．黑人和白人生下的婴儿，牙齿是什么颜色的？

答案：婴儿还没有长牙齿

170．为什么老王家的马能吃掉老张家的象？

答案：因为他们正在下象棋

171．为什么女人穿高跟鞋后，就代表她快结婚了？

答案：因为穿高跟鞋慢很容易被男人追上

172. 老高骑自行车骑了十公里，但周围的景物始终没有变化。为什么？

答案：他骑的是室内健身车

173. 六岁的小明总是喜欢把家里的闹钟整坏，妈妈为什么总是让不会修理钟表的爸爸代为修理？

答案：妈妈让爸爸修理小明

174. 哪一种人最容易走极端？

答案：爱基斯摩人

175. 狼来了：猜一水果名。

答案：杨桃（羊逃）

176. 为什么警察要系白皮带？

答案：不系皮带裤子会掉下来

177. 世界上最高的峰叫什么峰？

答案：高峰

178. 一个圆有几个面？

答案：两个面一个外面一个里面

179. 为什么结婚要请客吃饭，办丧事也要请客吃饭？

答案：前面宣布家里多了一个人吃饭，后面宣布家里少了一个人吃

180. 怎样使用最简单的方法使 X + I = IX 等式成立？

答案：1 + X

181. 此字不难猜，孔子猜三天，请问是何字？

答案：晶

182. 什么时候 4 − 3 = 5？

答案：算错时

183. 蛇为什么要脱皮？

答案：因为皮在痒

184. 教室中为什么要有讲台？

答案：提高老师的地位

185. 为什么冲天炮射不到星星？

答案：因为星星会闪呀

186. 此字不难猜，而且不分开。请问是何字？

答案：面

187. 在餐厅中吃完饭发现没带钱，怎么办？

答案：刷卡或吃赊帐

188. 选美大赛——猜一国家名

答案：以色列

189. 蓝色的笔能写出红字吗？

答案：写个红字当然可以

190. 人体最大的器官是什么？

答案：胆胆大包天.

191. 一个挂钟敲六下要 30 秒，敲 12 下要几秒？

答案：66 秒

192. 请问英语有多少个字母？

答案：没有字母是中文

193. 老王从九岁开始有虫牙，为什么 90 岁时他的牙都还在？

答案：虫早已换掉

194. 为什么胖的人比瘦的人怕晒？

答案：晒的面积比较大

195．借什么可以不还？
答案：借光

196．刚起飞的飞机突然冒烟掉在地上，为什么没人受伤？
答案：所有人都死了

197．什么时候有人敲门，你绝不会说请进？
答案：在厕所里的时候

198．梁山伯和祝英台变成了一对比翼双飞的蝴蝶之后怎样了？
答案：生了一堆毛毛虫

199．什么东西可以死很多次，而且一般情况下每次死的时间不超过1分钟？
答案：死机

200．有甲、乙、丙三人跳伞，甲乙有带伞，丙则无，但后来反而丙没事，甲乙都有事，为什么？
答案：甲乙为丙办丧

0201：世界上什么东西以近2000公里小时的速度载着人奔

驰，而不必加油或其它燃料

答案：地球

0202：考试做判断题，小花掷骰子决定答案，但题目有 20 题，为什么他却扔了 40 次？

答案：他要验证一遍

0203：一把 11 厘米长的尺子，可否只刻 3 个整数刻度，即可用于量出 1 到 11 厘米之间的任何整数厘米长的物品长度？如果可以，问应刻哪几个刻度？

答案：可以．刻度可位于 2，7，8 处．

0204：世界上任何地方找不出如此便宜的住所是什么地方？

答案：牢房

0205：如果核战爆发，你认为哪两个地方会人满为患？

答案：地猴和天堂

0206：浪费掉人的一生的三分之一时间的会是什么东西？

答案：床

0207：什么马不会跑？

答案：木马

0208：整天整天在大街上逛悠并且特爱"管闲事"的家伙是谁？

答案：交通警

0209：为什么离婚的人越来越多？

答案：因为结婚的越来越多

0210：如果不辛得了狂犬病，你第一件事要做什么？

答案：列张仇人名单

0211：为什么有人说：世界上分配得最公平的东西是"良心"？

答案：你说过有人说自己没有良心了吗

0212：你知道一个人的小腿应该有多长？

答案：应该长到碰着地面

0213：你有一艘船，船上有十五位船员，六十位乘客，三百吨货物。你能根据上面的提示，算出船主的年龄吗

答案：你就是船主年龄还需要算吗？

0214：小王在市区租了一间房子，租约上注明若不慎引起火灾，烧毁了房子，必须赔偿三百万元。小王不但不反对，甚至还主动多填了一个零，为什么？

答案：反正都赔不起

0215：你在一年半的时间都不会说话，这段时间你在干什么？

答案：刚出生在哭

0216：有一种活动能够准确无误地告诉你：美人不是天生长出来的，而是七嘴八舌说出来的，这是什么活动？

答案：选美

0217：你怎么区分东南西北？

答案：很简单加顿号

0218：在什么样的情况之下，手推车前有人推，后有人拉，但还是会向前进？

答案：下坡的时候

0219：有三个小朋友在猜拳，，一个出剪刀，一个出石头，一个出布，请问三个人共有几根指头？

答案：六十

0220：我常带着我的狗去晨跑，累得我和它都满头大汗，为什么？

答案：你见过狗满头大汗吗

0221：晶晶一下子就破了跳高记录，是怎么做到的呢？
答案：她从杆子底下走过去的

0222：当你捏住你的鼻子是，你会看不到什么呢？
答案：当然是你自己的鼻子

0223：可以天天躺在枕头上工作一辈子的是什么？
答案：铁轨

0224：有一样的东西能托起五十公斤的橡木，却容不下五十公斤的沙，你知道是什么吗？
答案：水

0225：书呆子买了一本书，第二天他妈妈却发现书在脸盆里，为什么？
答案：他认为那本书太枯燥了

0226：小胖在从图书馆回家的计程车上睡着了。突然他一觉醒来，发现前座的司机先生不见了，而车子却仍然在往前进，为什么？
答案：车子执锚了，司机正在后面推车.

0227：塑料袋里有六个橘子，如何均分给三个小孩，而塑

料袋里仍有二个橘子？（不可以分开橘子）

　　答案：当然是一个人两个桔子，只是一个连塑料袋一起给他.

　　0228：王大婶有三个儿子，这三个儿子又各有一个姐姐和妹妹，请问王大婶共有几个孩子？

　　答案：五个

　　0229：神偷"妙手空空"把附近一些有钱人家的金银珠宝偷得一干二净，为什么唯独一家既无防盗设备，也无保全人员的财主没受到光顾？

　　答案：他自己的家

　　0230：有一个家伙上身穿着棉袄，下身穿着短裤，左手拿着冰可乐，右手端着热咖啡，每天坐在火炉旁，却又开着冷气，请问他到底是什么人？

　　答案：神经病

　　0231：爸爸要小明背论语，他一分钟就背了整本书，难道小明是天才吗？

　　答案：不因为他只背了论语.

　　0232：老古家遭小偷，损失惨重，但当警方通知破案是，老古却送慰问品去看那名窃贼，为什么？

答案：他想请教如何在半夜回家而不把老婆吵醒的秘法

0233：班长告诉菜鸟，当拉开手榴弹的保险之后，口中先数五秒再投掷出去，菜鸟一切都按班长指示动作，但仍被炸死了，为什么？
答案：因为菜鸟有口吃

0234：什么虎会吓人但并不吃人？
答案：壁虎

0235：电话声大作，却不见小华和哥哥去接电话，这是怎么回事？
答案：因为那是电视广告

0236：阿陈为什么不能把赌博一次戒掉？
答案：因为戒了右手还有左手呀

0237：艳阳高照，为什么只有小可全身湿淋淋的？
答案：因为他正在游泳呀

0238：大雄练就了"吃西瓜不吐子"的绝招，到底他是怎么练成的？
答案：吃得是无子西瓜呀

0239：一朵插在牛粪上的鲜花是什么花？

答案：牵牛花

0240：小秦买了一辆全新的跑车，却不能开上马路，这是为什么？

答案：他买的是玩具跑车

0241：堂堂的中央图书馆，却没有明版的"康熙字典"，这是为什么？

答案：康熙字典是清朝人编的

0242：老师和牧师有一个共同点，你知道是什么吗？

答案：同样拥有让人睡觉的功夫

0243：从前大家都怕"大哥大"，现在却喜欢"大哥大"，到底怎么回事？

答案：大哥大电话谁不喜欢

0244：做什么事睁一只眼，闭一只眼比较好？

答案：照相的

0245：奶奶非常疼爱她养的那头猫，当猫咪生日那天，她特地准备了五个各放了一条鱼的盘子，为它祝贺。猫咪走到盘子前，犹豫了一会儿，然后把第三个盘子里的鱼吃掉了，为什么？

　　答案：它高兴

0246：中国人为什么人口这么多？

　　答案：因为汉（和）人在一起.

0247：女儿第一次参加舞会，妈妈最担心什么？

　　答案：与狼共舞

0248：每个怀孕的女人都常常会去想象孩子未来的长相，为什么只有阿美例外

　　答案：她到现在还没有想起来他爸爸长得什么样

0249：猪皮是用来作什么的呢？

　　答案：包猪肉用的

0250：100公斤的胖妹听说骑马可以减肥，便去试，你猜结果如何？

　　答案：马瘦子十公斤

0251：小虎从"武术大全"这本书上学得一身好功夫，但是第一次路见不平就被修理了一顿，为什么？

　　答案：他看的是盗印版

0252：为什么小明拒绝用"一边……一边……"这个词来造句？

答案：老师不是说"一心不能二用"嘛.

0253：在什么情况之下 24 和 44 不会约为成最简分数？

答案：写在五线谱上面

0254：小吴称赞女朋友的新衣服"十分漂亮"，但却被女友打了一顿，为什么？

答案：满分是一百分

0255：母亲节那天，你如果不想让母亲洗碗，又不想自己动手的话，你该怎么办？

答案：跟她说："妈留着明天洗吧."

0256：一只田鼠在挖洞时并没有在洞口四周留下泥堆，为什么？

答案：因为他先挖出口

0257：阿忠结婚好几年了，却没生下一个孩子，这是为什么？

答案：他生的是双胞胎

0258：有一位律师，他自己有了婚变，却站在太太的立场，免费担任太太的辩护律师，并且帮助她向丈夫要求更多的赡养费，最后这律师却没有任何损失，为什么？

答案：因为这个律师正是那个太太

0259：老师出了一道作文，题目是"假如我是个董事长"，同学都用心在写，为什么小强不动手？

答案：他在等秘书替他写

0260：小丽身上只有五百元，下班后却和同事跑到百货公司疯狂购物，花了五千元，她是怎么做到的？

答案：他用信用卡

0261：什么东西要藏起来暗地里用，用完之后再暗地里交给别人？

答案：软片

0262：森林里有一条眼镜蛇，可是它从来不咬人，你知道为什么吗？

答案：因为那森林里没有人

0263：为什么老李喜欢和自己的老婆和孩子一起打麻将？

答案：只有这样才能回收一部分薪水

0264：明明是放砂糖的罐子，却贴着一张写着"盐"的标签，你知道作用何在？

答案：骗蚂蚁

0265：戒烟为什么要戒两次呢？

答案：戒了右手还是戒左手